간추린
목 민 심 서

간추린 목민심서

초판 인쇄 2022년 11월 07일
초판 발행 2022년 11월 11일

엮은이 이기석
펴낸이 김진남
펴낸곳 배영사

등록 제2017-000003호
주소 경기도 고양시 일산서구 구산동 1-1
전화 031-924-0479
팩스 031-921-0442
이메일 baeyoungsa3467@naver.com

ISBN 979-11-899480-8-5
정가 12,000 원

간추린
목 민 심 서

배영사

머리말

목민심서는 지방 목민관이 부임의 명령을 받아서 부임할 때부터 물러나기까지 항상 가슴에 담고 실천해야 할 도리를 논술한 책으로서 농민의 실태, 서리의 부정, 토호의 작폐, 지방 관헌의 윤리적 각성을 세부적으로 설명해 놓은 책입니다.

구성은 총 12강으로 크게 나누고 이것을 다시 각각 6조씩 세분하여 12강 72조로 되어있는 당시 목민관의 생활을 총망라한 것입니다.

다산이 목민심서를 쓰던 시대에 비하면 지금의 시대는 너무도 복잡하고 다양한 사회가 되었습니다. 그렇기 때문에 어떤 사람들은 목민심서가 현실에 맞지 않는 책이라고도 합니다.

그러나 국민을 다스리는 일은 예나 지금이나 다를 바가 없습니다. 더구나 목민관이 국민을 위해 봉사하는 직책이라는 사실은 아무리 세월이 흘러도 변할 수 없는 진리입니다. 국민 위에 군림하는 관리가 있는 나라는 절대로 발전할 수도 없으며 결국은 멸망의 길로 빠지고 말 것입니다.

현대를 사는 우리가 이 목민심서를 읽어야 하는 이유는, 그 가르침이 오늘의 우리에게도 교훈을 주며 인격 수양에 도움을 준다는 점과, 오늘날에도 그대로 받아들여 배워야할 부분이 많다는 점 때문입니다. 그런 의미에서 이 목민심서를 꼭 읽어보도록 권하고 싶습니다.

엮은이

차례

부임육조(赴任六條)

임명을 받아 근무할 곳으로 가다.

1. 제배(除拜)

새롭게 관직을 받아서 임지로 가다.

▶ 다른 벼슬을 구해도 좋으나 백성을 다스리는 수령의 벼슬을 구해서는 안 된다.

他官可求 牧民之官 不可求也.

▶ 관직에 임명된 직후에 재물을 함부로 써서는 안 된다.

除排之初 財不可濫施也.

▶ 서울에서 고을로 연락 문서를 보낼 때는 폐해가 될 만한 일은 될 수 있는 한 생략하도록 해야 한다.

邸報下送之初 其可省弊者 省之.

▶ 이미 공금으로 신임 쇄마전을 받고서 또 백성들에게 거두어들인다면 이것은 임금의 은혜를 숨기고 백성의 재물을 약탈하는 일이 되니 해서는

안 된다.

쇄마전 : 조선 시대 때 지방 관아에서 쓰던 교통비.

新迎刷馬之錢 旣受公賜 又收民賦 是匿君之惠 而掠民財
不可爲也.

2. 치장(治裝)

임지로 가기 위해 행장을 차린다.

▶ 행장을 차릴 때 의복과 안장을 얹은 말은 다
예전 것으로 하고 새 것을 새로 마련하지 말아야
한다.

행장 : 길 가는데 쓰는 여러 가지 물건이나 차림.

治裝 其衣服鞍馬 竝因其舊 不可新也.

▶ 동행하는 사람을 많이 데리고 가서는 안 된다.
즉 수령이 수행원을 많이 거느리고 부임해서는

안 된다.

同行者 不可多.

▶ 이부자리와 의복 이외에 책을 한 수레를 싣고 간다면 이는 곧 청렴한 선비의 행장이다.

衾枕袍襺之外 能載書一車 淸士之裝也.

3. 사조(辭朝)

부임하기에 앞서 조정에 작별 인사를 한다.

▶ 두루 공경과 대간을 찾아다니며 하직인사를 할 때에는 마땅히 자신의 자격과 재능이 부족하다고 스스로 낮추어 말할 것이고 봉급이 많고 적은 것을 말해서는 안 된다.

공경 : 재상과 대신.
대간 : 사헌부와 사간원의 모든 관료.

歷辭公卿臺諫 宜自引材器不稱 俸之厚薄 不可言也.

▶ 전관에게 하직 인사를 할 때 감사하다는 말을 해서는 안 된다.

전관 : 문무관의 선발을 맡던 관리.

歷辭銓官 不可作感謝語.

▶ 신임 수령을 맞이하러 온 고을의 아전과 하인들이 이르면 그들을 대하는 것은 마땅히 장중하고 온화하며 간결하고 과묵해야 한다.

新迎吏隸至 其接之也 宜莊和簡默.

▶ 임금님께 하직 인사를 하고 대궐 문을 나서면, 백성들의 소망에 부응하고 임금의 은혜에 보답할 것을 마음에 간직해야 한다.

辭陛出門 慨然以酬民望 報君恩 設于內心.

▶ 이웃 고을로 벼슬자리를 옮기는 경우에는 편한 길을 따라 부임토록 해야 한다. 즉 사조의 예는 생략하는 것이 좋다.

사조 : 조정에 올라가 부임 인사를 하는 예.

移官隣州 便道赴任 則無辭朝之禮.

4. 계행(啓行)

임지로 부임 행차하다.

▶ 부임 행차 중일 때 수령은 장중하고 부드럽고 간결하고 침묵하여 마치 말을 못하는 사람처럼 해야 한다.

부임 : 임명을 받아 임지로 감.

啓行在路 亦唯莊和簡默 似不能言者.

▶ 지나가는 길에 꺼리고 피해야 할 것이 있다 하여 곧은길을 버리고 먼 길로 돌아가려 하는 아전이 있다면 마땅히 곧은길을 감으로써 사악하고 괴이한 소문을 타파해야 한다.

道路所由 其有忌諱 舍正趨迂者 宜由正路 以破邪怪之說.

▶ 관사에 요괴가 있으니 꺼려야 한다고 아전들이 말하거든 그들의 말에 구애되지 말고 선동적인 헛소문을 진정시켜야 한다.

요괴 : 요사스러운 귀신.

廨有鬼怪 吏告拘忌 宜並勿拘 以鎭煽動之俗.

▶ 지나는 길에 다른 고을의 관청이 있거든 찾아가 선임 수령으로 와 있는 선배에게서 백성 다스리는 법을 열심히 논의해야 하지, 농담으로 밤을 보내서는 안 된다.

歷入官府 宜從先至者 熟講治理 不可諧謔景夕.

▶ 취임 전의 하룻밤은 이웃 고을에서 묵는 것이 마땅하다.

上官前一夕 宜宿隣縣.

5. 상관(上官)

수령의 자리에 취임하다.

▶ 처음 취임할 때는 날짜를 가려잡아서는 안 되며, 다만 그날 비가 온다면 갠 날로 미루어도 된다.

上官 不須擇日 雨則待晴 可也.

▶ 취임하면 관리들의 인사를 받는다.

乃上官 受官屬參謁.

▶ 인사를 끝내고 물러가면 조용히 앉아서 고을을 다스려 나아갈 방법을 생각해야 한다. 관대하고 엄정하고 간결하고 치밀하게 규모를 짜되 사정에 맞게 해야 하며 그것을 스스로 굳게 지켜야 한다.

參謁旣退 穆然端坐 思所以出治之方 寬嚴簡密 預定規模 唯適時宜 確然以自守.

▶ 그 이튿날 향교에 나가서 배알하고 다시 사직단에 가서 삼가 봉심하되 아주 공손히 하라.

향교 : 문묘 및 거기에 부속된 학교.
봉심 : 받들어 살핌.

厥明 謁聖于鄕校 遂適社稷壇 奉審唯謹.

6. 이사(莅事)

수령의 직무를 수행하다.

▶ 다음날 새벽에 일찍 일어나서 관청의 일을 본다.

厥明 開座 乃莅官事.

▶ 이날 사림과 일반 백성에게 명령을 내려 무엇이 이 고을의 고질적인 병폐인가를 묻고 의견을 구한다.

是日 發令於士民 詢瘼求言

▶ 이날에 백성이 고소장을 제출하는 것이 있거든 그 문제는 간결하게 판결해야 한다.

是日 有民訴之狀 其題批宜簡.

▶ 이날 명령을 내려서 몇 가지 일로써 백성들과 약속을 하고 관청 바깥에 특별히 북을 하나 걸어 둔다.

是日 發令以數件事 與民約束 送於外門之楔 特縣一鼓.

▶ 관청의 일에는 기한이 있다. 기한을 지키지 않으면 백성들은 관청의 명령을 우습게 여길 것이다 그러므로 기한은 믿음성 있게 지키지 않으면 안 된다.

官事有期 期之不信 民乃琓令 期不可不信也.

▶ 이날 책력에 맞추어 작은 책자를 만들어 해당되는 일의 정해진 기한을 기록함으로써 잊어버리는 일이 없도록 보강해야 한다.

是日 作適曆小冊 開錄諸當之定限 以補遺忘.

▶ 다음 날 노련한 아전을 불러 화공을 모집한 후 그 고을의 사방 지도를 그리게 하여 벽 위에 걸어 놓도록 한다.

厥明日 召老吏 令募畵工 作本縣四境圖 揭之壁上.

▶ 도장의 글자가 닳아서 알아볼 수 없으면 안 되며, 화압이 거칠고 엉성해서도 안 된다.

화압 : 수결 또는 서명.

印文不可漫滅 花押不可草率.

▶ 이날 나무 도장 몇 개를 만들어서 여러 마을에 나누어 준다.

是日 刻木印幾顆 頒于諸鄕.

율기육조(律己六條)

스스로 먼저 다스린다.

1. 칙궁(飭躬)

자신의 몸가짐부터 먼저 바르게 한다.

▶ 일상생활에 있어 일어나고 앉는 것에 절도가 있어야 하고 갓과 띠의 차림은 단정해야 하며, 백성들을 대할 때에 장중해야 하는 것은 옛 수령이 가졌던 도이다.

興居有節 冠帶整飭 莅民以莊 古之道也.

▶ 공적인 업무 중에 여가가 있거든 반드시 정신을 집중하고 생각을 가라앉혀 백성을 편안하게 해 줄 대책을 생각하고 헤아리며 정성을 다해 최선책을 구해야 한다.

公事有暇 必凝神靜慮 思量安民之策 至誠求善.

▶ 말은 많이 하지도 말고 갑자기 성내지도 말아야 한다.

毋多言 毋暴怒.

▶ 아랫사람을 관대하게 다루면 백성이 순종하지 않는 자가 없을 것이다. 그러므로 공자가 말하기를 "윗사람이 되어 너그럽지 않고, 예를 차리는 데 공경하지 않으면 내가 무엇을 가지고 그를 보겠는가?"라고 하였고, 또 말하기를 "너그러우면 여러 사람의 마음을 얻는다."라고 하였다.

御下以寬 民罔不順. 故 孔子曰 居上不寬 爲禮不敬 吾何以觀之 又曰 寬則得衆.

▶ 관청에서는 체면과 위신이 엄숙하도록 힘써야 한다. 수령의 자리 곁에 다른 사람이 있게 해서는 안 된다.

官府體貌 務在嚴肅 坐側不可有他人.

▶ 군자가 진중하지 않으면 위엄이 없다. 백성의 위에 있는 사람은 반드시 진중하지 않으면 안 된다.

진중 : 무게가 있고 점잖음.

君子 不重則不威 爲民上者 不可不持重.

▶ 술과 여색을 끊으며, 노랫소리와 음악을 물리치고, 공손하고 단정하며 엄숙하기를 제사를 받

드는 것처럼 해야 하며, 감히 놀고 즐기는 것으로
정사를 거칠게 하고 안일에 빠지는 일이 있어서
는 안 된다.

斷酒絶色 屏去聲樂 齊速端嚴 如承大祭 罔敢游豫 以荒以
逸.

▶ 한가하게 놀며 크게 즐기는 것을 백성들은 좋
아하지 않는다. 단정하게 처신하고 거동하지 않
느니만 못하다.

燕游般樂 匪民攸悅 莫如端居而不動也.

▶ 백성 다스리는 일도 이미 성과를 거두고 백성
들의 마음이 이미 즐겁게 된 뒤라면 크게 풍류를
꾸며 백성들과 함께한 선배 수령들이 하던 훌륭
한 일의 하나이다.

治理旣成 衆心旣樂 風流賁飾 與民皆樂 亦前輩之盛事也.

▶ 수행원은 줄이고 안색은 온화하게 하며, 백성
들을 직접 찾아가 의논하면 기뻐하지 않을 사람
이 없으리라.

簡其騶率 溫其顔色 以詢以訪 則民無不悅矣.

▶ 수령의 숙소에서 글 읽는 소리가 나면 그는 청렴한 선비라고 말할 수 있다.

政堂有讀書聲 斯可謂之淸士也.

▶ 만약 시나 읊고 바둑이나 두면서 아전들에게 정사를 내맡긴다면 그것은 매우 잘못된 일이다.

若夫哦詩睹棋 委政下吏者 大不可也.

▶ 관례에 따른 일을 줄이고 큰 줄기만을 잡아 처리하는 것도 한 가지 방법이겠으나 그것은 오직 시절이 평온하고 풍속이 순후한 가운데 지위가 높고 명망이 두터운 사람만이 할 수 있는 것이다.

循例省事 務持大體 亦或一道 唯時淸俗淳 位高名重者 乃可爲也.

2. 청심(淸心)

청렴하지 않고서 백성을 잘 다스릴 수 없다.

▶ 청렴하게 한다는 것은 수령된 자의 본연의 의
무로서 온갖 선정의 근원이 되고 모든 덕행의 뿌
리가 된다. 청렴하지 않고서 수령 노릇을 제대로
할 수 있는 자는 일찍이 없었다.

廉者 牧之本務 萬善之原 諸德之根 不廉而能牧者 未之有
也.

▶ 청렴하다는 것은 천하의 큰 장사다. 그런 까닭
에 크게 탐을 내는 자는 반드시 청렴한 것이다.
사람들이 청렴하지 못한 까닭은 그의 지혜가 모
자라기 때문이다.

廉者 天下之大賈也. 故 大貪必廉 人之所以不廉者 其智短
也.

▶ 그러므로 옛날부터 모든 지혜가 깊은 선비는
청렴한 것을 교훈으로 삼고 탐욕 한 것을 경계하
지 않는 이가 없었다.

故 自古以來 凡智深之士 無不以廉爲訓 以貪爲戒.

▶ 수령이 청렴하지 않으면 백성들이 손가락질하며 도적이라 하고 마을을 지나게 되면 추하다고 욕하는 소리가 들끓을 것이니 이 또한 수치스러운 노릇이다.

牧之不淸 民指爲盜 閭里所過 醜罵以騰 亦足差也.

▶ 청렴한 관리를 귀하게 여기는 까닭은 그가 지나간 곳은 산림이나 샘물과 돌까지도 모두 맑은 빛을 받게 되기 때문이다.

所貴乎廉吏者 其所過山林泉石 悉被淸光.

▶ 무릇 진기한 물건으로 근무하는 곳에서 생산되는 것은 반드시 그 고을의 폐해가 되는 것이니 하나도 가지고 돌아가서는 안 된다. 그래야만 이를 청렴한 관리라고 할 수 있다.

凡珍物 産本邑者 必爲邑弊 不以一杖歸 斯可曰 廉者也.

▶ 교만하고 과격한 행동과 각박한 다스림은 인정에 맞지 않는 것이니 군자는 그것을 버려야 하

고 그렇게 해서는 안 된다.

若夫矯激之行 刻迫之政 不近人情 君子所黜 非所取也.

▶ 모든 민간의 물품을 사들일 때에는 관에서 정한 값이 지나치게 싸게 사들이지 말고 마땅히 시가로 사들여야 한다.

시가 : 시장에서 상품이 매매되는 가격.

凡買取民物 其官式太輕者 宜以時値取之.

▶ 모든 잘못된 전례가 계속되고 있는 것은 애써 바로잡아 고쳐야 하고, 간혹 그 중에서 개혁하기 어려운 것이 있으면 나만이라도 그 잘못을 범하지 말아야 한다.

凡謬例之沿襲者 刻意矯革 惑其難革者 我則勿犯.

▶ 모든 관용의 포목과 비단을 사들이는 자는 반드시 인첩을 갖게 한다.

인첩 : 도장이 찍힌 문서.

凡布帛貿入者 宜有印帖.

▶ 무릇 날마다 쓰는 장부는 깊이 따지고 들여다 보아서는 안 되고 빨리 말미에 서명해야 한다.

凡日用之簿 不宜注目 署尾如流.

▶ 수령의 생일에 아전이나 군교들이 관청에서 혹 성찬을 올리는 일이 있더라도 받아서는 안 된다.

성찬 : 풍성하게 잘 차린 음식.

牧之生朝 吏校諸廳 惑進殷饌 不可受也

▶ 남에게 자기 재물을 회사한 일이 있을지라도 드러내어 말하지 말며, 덕을 베풀었다는 말을 하지 말며, 남에게 자랑하지 말며, 또 전임자의 허물을 말하지 말라.

凡有所捨 毋聲言 毋德色 毋以語人 毋說前人過失.

▶ 청렴한 사람은 남에게 은혜를 베푸는 것이 적은데 사람들은 그를 병이라고 생각한다. 책임은 자기가 무겁게 하고 다른 사람에게는 가볍게 해야 한다. 사사로운 청탁이 행해지지 않는다면 청렴하다고 말할 수 있다.

廉者寡恩 人則病之 躬自厚而薄責於人 斯可矣 干囑不行
焉 可謂廉矣.

▶ 뇌물을 주고받는 일은 누구나 비밀로 하지만
한밤중에 한 일이 아침이면 드러나기 마련인 것
이다.

貨賂之行 誰不秘密 中夜所行 朝已昌矣.

▶ 청렴의 소리가 사방으로 퍼지면 이 또한 인생
의 지극한 영광이다.

淸聲四達 令聞日彰 亦人世至榮也.

3. 제가(齊家)

집안을 잘 다스려야 백성도 잘 다스릴 수 있다.

▶ 자기 몸을 바르게 가진 뒤에 집안을 바로 이끌

어 갈 수가 있고, 집안이 바로 된 뒤에 나라를 다
스릴 수 있다는 것은 천하에 통용되는 원리이다.
그러니 그 고을을 잘 다스리고자 하는 자는 먼저
그 집안을 바르게 이끌어 나가야 한다.

　修身而後齊家 齊家而後治國 天下之通義也. 欲治其邑者
　先齊其家.

▶ 국법에 어머니를 곁에 모시고 공양하면 공물
을 내려 주고, 아버지를 곁에 모시고 공양할 때에
는 그 비용을 계산에 넣어 주지 않는데 거기에는
다 까닭이 있는 것이다.

해설 : 수령이 임지에 아버지를 모시고 가서 봉양하게 되면 수령의 친구들은
춘부(春府)라고 부르고 아전과 관노들은 대감(大監)이라고 부른다.

　國法 母之就養 則有公賜 父之就養 不會其費 意有在也.

▶ 안과 밖의 구별을 엄격하게 하고 공과 사의 한
계를 정확하게 해야 한다. 법을 세워서 단단히 타
일러서 경계하고 금지하기를 마땅히 천둥처럼 두
렵게 하고 서리처럼 싸늘하게 해야 한다.

　嚴內外之別 明公私之界 立法申禁 宜如雷如霜

▶ 청렴한 선비는 벼슬자리에 부임하러 갈 때 가

족을 데려가지 않는데 이때의 가족이란 아내와 자식들을 두고 이르는 말이다.

淸士赴官 不以家累自隨 妻子之謂也.

▶ 형제간에 서로 그리워지는 경우에는 때때로 왕래를 해도 좋으나 오래 머물러서는 안 된다.

昆弟相憶 以時往來 不可以久居也.

▶ 부녀자들이 수령인 지아비를 찾아 내려가는 날에는 그 치장을 아주 검소하게 하고 가야 한다.

內行下來之日 其治裝 宜十分儉約.

▶ 음식의 사치는 재산을 사그라지게 하며 물자를 바닥나게 하므로 재앙을 초래하는 지름길이다.

飮食之侈 財之所糜 物之所殄 招災之術也.

▶ 청탁이 행해지지 않고 뇌물이 오가지 않으면 이를 올바른 집안이라 할 수 있다.

干謁不行 苞苴不入 斯可謂正家矣.

▶ 물건을 살 때 그 값을 묻지 않고, 일을 시킬 때 그 위세로써 하지 않으면 안사람들이 존경받을 것이다.

貿販不問其價 役使不以其威 則閨門尊矣.

▶ 어머니의 가르침이 있고 아내와 자식들이 계율을 지키면 이를 법도 있는 집안이라 할 수 있으니 백성들이 본받을 것이다.

慈母有敎 妻子守戒 斯之謂法家 而民法之矣.

4. 병객(屛客)

청탁하러 오는 손님을 물리친다.

▶ 관청에 손님이 있는 것은 좋지 않다. 오직 서기

한 사람을 두어 내실의 일도 겸하여 보살피게 하는 것이 좋다.

凡官府 不宜有客 唯書記一人 兼察內事.

▶ 수령은 자기 고을 사람과 이웃 고을 사람들을 맞아들여 접견해서는 안 된다. 관청의 안은 마땅히 엄숙하고 깨끗해야 한다.

凡邑人及隣邑之人 不可引接 大凡官府之中 宜肅肅淸淸.

▶ 친척이나 옛 친구가 자기의 관할 구역 내에 많이 살거든 거듭 조심하고 주의하여 의심과 비방이 생기지 않게 하고, 서로의 정을 잘 유지하도록 해야 한다.

親戚故舊 多居部內 宜申嚴約束 以絶疑謗 以保情好.

▶ 무릇 조정의 고관이 사사로이 편지를 쓰고 뇌물을 보내어 청탁하는 것이라도 들어주거나 시행해서는 안 된다.

凡朝貴私書 以關節相託者 不可聽施.

▶ 가난한 친구와 궁핍한 친족으로서 먼 곳으로부터 찾아온 자가 있다면 즉시 맞아들여 접견하고 후하게 대우하여야 한다.

貧交窮族 自遠方來者 宜卽延接 厚遇以遣之.

5. 절용(節用)

나라의 재물을 절약해서 쓴다.

▶ 훌륭한 수령이 되려는 자는 반드시 어질어야 하고 어질고 싶은 자는 반드시 청렴해야 하고 청렴하고 싶은 자는 반드시 검소해야 하니, 아끼는 것은 수령의 첫 번째 의무이다.

善爲牧者 必慈 欲慈者 必廉 欲廉者 必約 節用者 牧之首務也.

▶ 절약이란 제한을 지키는 일이다. 의복과 음식에는 반드시 검소한 것으로 법을 삼는다. 제사를

지내고 빈객을 접대하는 일에도 반드시 법식이 있다. 이 법식을 지키는 것이 곧 절약의 근본이다.

節者限制也 衣服飲食 必有式焉 祭祀賓客 必有式焉 式也者 節用之本也.

▶ 제사를 받들고 손님을 접대하는 것은 비록 사사로운 경우라도 마땅히 일정한 법식이 있어야 하고 잔약한 작은 고을에서는 법식을 보아가며 줄여야 한다.

祭祀賓客 雖係私事 宜有恒式 殘小之邑 視式宜減.

▶ 무릇 안채에 보내는 음식물은 모두 그 법식을 정하고 한 달 동안 쓸 것을 매달 초하루에 납품토록 한다.

凡內饋之物 咸定厥式 一月之用 咸以朔納.

▶ 공적으로 접대해야 할 손님에 대한 음식 또한 반드시 먼저 그 예식을 정해둔다. 기일에 앞서서 물품을 준비하여 예법을 담당하는 아전에게 주고 비록 접대하고 남는 것이 있더라도 도로 찾지 말아야 한다.

公賓之餼 亦先正厥式 先期辦物 以授禮吏 雖有贏餘 勿還追也.

▶ 모든 아전이나 관노가 공급하는 것으로서 회계에 포함되지 않은 것은 더욱 절약해 써야 한다.

凡吏奴所供 其無會計者 尤宜節用.

▶ 사사로운 씀씀이를 절약하는 것은 대부분의 사람들이 할 수 있으나 공용재산을 절약할 수 있는 백성은 드물다. 공용재산을 내 것처럼 아낀다면 이는 현명한 수령이다.

私用之節 夫人能之 公庫之節 民鮮能之. 視公如私 斯賢牧也.

▶ 수령이 물러나 돌아가는 날에는 반드시 기부가 있어야 하니 기부의 수는 미리 준비해 두어야 한다.

기부 : 관청의 출납 장부.

遞歸之日 必有記付 記付之數 宜豫備也.

▶ 하늘과 땅이 만물을 생산하여 사람으로 하여

금 필요에 따라 쓰게 했으니, 한 가지 물건이라도 버리는 것이 없게 한다면 재물을 잘 쓰는 것이라 할 수 있다.

天地生物 令人享用 能使一物無棄 斯可曰善用財也.

6. 낙시(樂施)

즐거운 마음으로 베푼다.

▶ 절약만 하고 두루 베풀지 않으면 친척들이 멀리하니 베풀기를 즐기는 것이 덕을 심는 근본이다.

節而不散 親戚畔之 樂施者 樹德之本也.

▶ 가난한 친구와 궁핍한 친족은 힘을 다해 돌보아 주어야 한다.

貧交窮族 量力以周之.

▶ 나의 봉급에 여유가 있으면 다른 사람에게 베풀어도 좋으나 공적인 재물을 훔쳐서 사사로이 다른 사람을 도와주는 것은 예의가 아니다.

我廩有餘 方可施人 竊公貨以賙私人 非禮也.

▶ 나라에서 나오는 봉급을 절약하여 그 지방 백성들에게 돌아가게 하고, 자기 농토의 수확물을 베풀어 친척들을 도와준다면 원망이 없다.

節其官俸 以還土民 散其家穡 以贍親戚 則無怨矣.

▶ 귀양살이하는 사람의 객지 살림이 곤궁하면 이를 불쌍히 여겨 도와주는 것 또한 어진 사람의 의무인 것이다.

謫徒之人 旅瑣困窮 憐而贍之 亦仁人之務也.

▶ 전쟁으로 몹시 어수선할 때 떠돌이 생활을 하며 임시로 붙어사는 난민들을 보살펴 주어 살아가게 하는 것, 이것이 의로운 사람의 행할 바이다.

干戈搶攘 流離寄寓 撫而存之 斯義人之行也.

▶ 권문세가라 하여 후하게 섬겨서는 안 된다.

權門勢家 不可以厚事也.

봉공육조(奉公六條)

언제나 봉사하는 마음가짐을 지닌다.

1. 선화(宣化)

임금의 은덕을 백성에게 베푼다.

▶ 임금의 말씀이 고을에 도착하면 백성들을 모아 놓고 그 말씀을 수령의 입으로 친히 포고하여 임금의 덕의를 알게 해야 한다.

綸音到縣 宣聚集黎民 親口宣諭 俾知德意.

▶ 교문이나 사문이 고을에 도착하면 역시 그 내용을 발췌 요약하여 아래 백성들에게 널리 공포하여 자세히 알게 해야 한다.

교문 : 임금이 내리던 글.
사문 : 죄를 사면하는 내용을 적은 글.

教文赦文到縣 亦宜撮其事實 宣諭下民 俾各知悉.

▶ 왕궁을 향한 망하의 예는 마땅히 엄숙하고 화순하고 공경하게 하여 백성들로 하여금 조정의 존엄함을 알게 해야 한다.

망하 : 왕궁을 멀리 우러러보며 하례하는 일.

凡望賀之禮 宜肅穆致敬 使百姓知朝廷之尊.

▶ 망위의 예는 오로지 의주에 따라야 한다. 그러니 전통적인 예절은 강습하지 않을 수 없는 것이다.

망위 : 국상이 있을 때에 수령이 왕궁을 향하여 조위의 뜻을 표시하는 예절.
의주 : 국가의 전례 절차.

望慰之禮 一遵儀注 而古禮不可以不講也.

▶ 국기일에는 사무의 처리를 중지하며, 형벌을 집행하지 않고, 음악을 중지하는 것을 다 예법대로 해야 한다.

국기 : 나라의 기일. 즉 왕과 왕비의 제삿날.

國忌廢事 不用刑 不用樂 皆知法例.

▶ 옥새가 찍힌 글이 먼 길을 내려오는 것은 수령의 영예요, 때때로 꾸짖는 유시가 내려오는 것은 수령의 두려움이다.

옥새 : 임금의 도장.

璽書遠降 牧之榮也 責諭時至 牧之懼也.

2. 수법(守法)

국법을 엄하게 지킨다.

▶ 법이란 임금의 명령이다. 그러므로 법을 지키지 않는 것은 임금의 명령에 따르지 않는 것이다. 신하가 되어서 감히 이러한 일을 하겠는가.

法者君命也 不守法 是不遵君命者也. 爲人臣者 其敢爲是乎.

▶ 고을의 관례라는 것은 그 고을의 법이라고 할 수 있는 것이니, 그 중에 사리에 맞지 않는 것은 고쳐서 지켜야 한다.

邑例者 一邑之法也 其不中理者 修而守之.

▶ 국법으로 금지하는 것과 법률서에 기재되어 있는 것은 두려워 벌벌 떨되 감히 위험을 무릅쓰고 범하지 말아야 한다.

凡國法所禁 刑律所載 宜慄慄危懼 毋敢冒犯.

▶ 이익에 유혹되어서도 안 되고, 위협에 굴복해서도 안 되는 것이 수령의 도리이다. 비록 높은 사람이 독촉을 하더라도 받아들이지 않는 것이 있어야 할 것이다.

　不爲利誘 不爲威屈 守之道也. 雖上司督之 有所不受.

3. 예제(禮祭)

예의를 갖추어 사람을 대한다.

▶ 예의에 맞게 교제하는 것은 군자가 신중히 하는 것이니 공손하게 하여 예법에 가깝게 되면 치욕을 멀리 할 수 있을 것이다.

　禮祭者 君子之所愼也 恭近於禮 遠恥辱也.

▶ 연명의 예를 감영에 달려가서 행하는 것이 예부터 예법이 아니다.

연명 : 부임한 고을 수령이 감사를 처음을 찾아가 보는 일.

延命之赴營行禮 非古也.

▶ 감사란 법을 집행하는 관리이니 수령은 그와 오랜 친분이 있다 하여 믿고 의지해서는 안 된다.

監司者 執法之官 雖有舊好 不可恃也.

▶ 영하 판관은 상부에 감영에 대하여 마땅히 정성과 공대로써 예의를 다해야 하며, 소홀히 해서는 안 된다.

영하판관 : 감영 아래에 있는 판관.

營下判官 於上營 宜格恭盡禮 不可忽也.

▶ 상사가 아전과 군교를 심문하여 다스리는 경우, 수령은 그 다스림이 사리에 어긋나더라도 순종하고 어기지 않는 것이 좋다.

上司推治吏校 雖事係非理 有順無違可也.

▶ 상사가 명령하는 것이 공법에 위배되고 백성들의 생활에 해가 되는 경우에는 의연한 자세로

굽히지 말고 자기의 소신을 확고히 지켜야 한다.

상사 : 직속의 상급관아.

唯上司所令 違於公法 害於民生 當毅然不屈 確然自守.

▶ 예(禮)는 공손하지 않을 수 없고 의(義)는 깨
끗하지 않으면 안 된다. 그러므로 두 가지가 모두
온전하며 온화하고 도에 맞을 것이니, 이런 사람
을 군자라고 한다.

禮不可不恭 義不可不潔 禮義兩全 雍容中道 斯謂之君子
也.

▶ 이웃 고을과는 서로 화목하고 그 고을의 수령
을 예로써 대접하면 후회가 적게 될 것이다. 이웃
고을의 수령과 형제와 같은 정이 있으니 상대가
실수를 해도 서로 미워하는 일이 없어야 한다.

隣邑相睦 接之以禮 則寡悔矣. 隣官有兄弟之誼 彼雖有失
無相猶矣.

▶ 수령의 자리를 물려주고 이어받음에는 동료로
서의 우의가 있다. 전임자가 후임자에게 잘못된
일을 남겼을지라도 후임자는 전임자의 과실을 비
난하지 말아야 원망이 적을 것이다.

交承 有僚友之誼 所惡於後 無以從前 斯寡怨矣.

▶ 전임자의 약점이 있더라도 덮어 주고 들추어
내지 말 것이며, 죄가 있더라도 도와서 죄가 되지
않게 하여야 한다.

前官有疵 掩之勿彰 前官有罪 補之勿成.

▶ 대체로 정사의 너그러운 것과 엄격한 것과 명
령의 득과 실을 서로 이어주고 이어받으며 서로
고쳐 나아감으로써 그 허물을 구제해야 한다.

若夫政之寬猛 令之得失 相承相變 以濟其過.

4. 문보(文報)

보고문은 형식을 갖추고 올바르게 처리한다.

▶ 보고하는 문서는 마땅히 꼼꼼하게 수령 자신이 작성해야 하고, 아전의 손에 맡겨서는 안 된다.

公移文牒 宜精思自撰 不可委之於吏手.

▶ 상납보고서 기송보고서 지회보고서와 도부보고서 등은 아전들로 하여금 전례에 따라 처리하게 해도 될 것이다.

상납지장 : 상납품 내역을 적은 공문서.
기송지장 : 병졸이나 죄수 일꾼 등을 이송하는 문서.
지회지장 : 조정에서 보내온 조칙이나 유시를 반포함.
도부지장 : 상부에서 보낸 공문서.

上納之狀 起送之狀 知會之狀 到付之狀 吏自循例 付之可也.

▶ 인명에 관한 문서는 그것을 문질러 지우고 고쳐 쓰지 못하도록 세심한 주의를 기울여야 하며, 도둑과 옥사에 관한 문서는 철저히 밀봉하여 극비에 부쳐야 한다.

옥사 : 살인과 반역의 중대한 사건을 다루는 일.

人命之狀 宜慮其擦改 盜獄之狀 宜秘其封緘.

▶ 농사의 형편을 보고하는 글에는 강수량 및 저

수지에 수위 등을 보고하는 글에는 늦게 해야 할 것이 있고 급한 것이 있는데 어떤 경우이든 때를 잘 맞추어 보고 해야만 말썽이 없다.

農形之狀 雨澤之狀 有緩有急 要皆及期 乃無事也.

▶ 환곡의 마감 결과를 알리는 보고서는 그릇된 전례를 바로잡아야 하며, 연분을 적은 문서는 농간 부릴 구멍을 잘 살펴 빈틈없이 해야 한다.

환곡 : 흉년이나 춘궁기에 곡식을 대여해 주고 추수 후에 환수하던 제도.
연분 : 농지세 기준의 등급.

磨勘之狀 宜正謬例 年分之狀 宜察奸竇.

▶ 매월 말에 보고하는 월말 보고서 중 생략해도 좋은 것은 상사와 협의하여 없애도록 하는 것이 좋다.

月終之狀 其可刪者 議於上司 圖所以去之.

▶ 이웃 고을에 보내는 문서는 그 말투를 잘 다듬어 오해의 틈이 없게 해야 한다.

隣邑移文 宜善其辭令 無俾生釁.

▶ 상부에 올리는 보고 문서를 지체하여 상사의 독촉과 문책을 받는 것은 공무를 집행하는 자의 도리가 아니다.

文牒稽滯 必遭上司督責 非所以奉公之道也.

▶ 상사와 아래 백성들에게 왕복한 모든 문서는 마땅히 목록을 만들어 책을 매어 두고 참고와 검열에 대비해야 한다. 그 중에 기한이 설정되어 있는 문서는 따로 작은 책을 만들어 보관해야 한다.

凡上下文牒 宜錄之爲冊 以備考檢 其設期限者 別爲小冊.

▶ 변방 관문을 책임지고 있는 사람이 임금께 직접 장계를 올릴 때는 격식과 관례를 더욱 밝게 익혀 경외하는 마음으로 조심스럽게 작성해야 할 것이다.

장계 : 신하가 자기 관하의 중요한 일을 왕에게 보고 하던 일.

若邊門掌鑰 直達狀啓者 尤宜明習格例 兢然致愼.

5. 공납(貢納)

조세를 거두어 나라에 바친다.

▶ 재물은 백성에게서 나오고 그것을 걷어서 나라에 바치는 자는 수령이다. 아전의 농간을 잘 살피면 백성에게서 받아들이는 것을 비록 너그럽게 해도 무방하지만. 아전의 농간을 잘 살피지 못한다면 아무리 백성을 엄격하게 대해도 아무런 보탬이 되지 않을 것이다.

財出於民 受而納之者牧也 察吏奸 則雖寬無害 不察吏奸 則雖急無益.

▶ 전조와 전포는 국가의 용품 중에서도 급하고 필수적인 것들이므로 생활이 넉넉한 집에서 먼저 거두되 아전들이 횡령하지 못하게 해야만 상납의 기한을 맞출 수 있다.

전조(田租) : 농지세로 내는 쌀.
전포(田布) : 농지세로 내는 베(布).

田租田布 國用之所急須也 先執饒戶 無爲吏攘 斯可以及期矣.

▶ 군전과 군포는 경영에서 항상 독촉하는 것들이다. 그것들이 중복되어 징수되는 일은 없는지 잘 살펴서 거부당하는 일이 없도록 해야만 백성의 원망을 사지 않게 될 것이다.

군전 : 병역 면제로 헌납하는 돈.
군포 : 병역 면제로 헌납하는 삼베나 무명.
경영 : 서울에 있는 감영의 총칭.

軍錢軍布 京營之所恒督也 察其疊徵 禁其斥退 斯可以無怨矣.

▶ 공물로 바치는 토산품은 상사가 배정하는 것이니 기존의 격식에 따라 각별히 수행하되 관례에 없던 새로운 것을 요구하는 경우에는 이를 막아야 폐단이 없을 것이다.

상사 : 직속의 상급 관아.

貢物土物 上司之所配定也 恪修其故 捍具新求 斯可以無弊矣.

▶ 잡세와 잡물은 아래 백성들을 심히 괴롭히는 것이니 상부에서 요구하는 것이 구하기 쉬운 것일 때는 보내 주되 구하기 어려운 것일 때는 사절해야만 허물이 없을 것이다.

잡세 : 지방세.
잡물 : 자질구레한 물건.

雜稅雜物 下民之所甚苦也 輸其易獲 辭其難辦 斯可以无
咎矣.

▶ 간사한 백성의 해독은 간사한 아전보다도 심
한 것이 있다. 공납을 제때에 수납하고자 하는 자
는 먼저 백성의 간사한 행위를 살펴야한다.

姦民之害 甚於姦吏 欲貢納及期自 先察民姦.

▶ 돈은 숫자가 일정하고 쌀에도 품질의 등급이
많지 않다. 오직 포목이라는 것은 일정한 규격이
없다. 포목을 수납할 때는 이 점을 생각하지 않을
수 없다.

錢有定數 米無多品 惟布之爲物 最無程式 不可以不慮也.

▶ 정당한 조세와 정당한 공물 이외에 상사가 진
기한 물건을 바치라고 요구하는 것은 그대로 쫓
아서는 안 된다.

常賦常貢之外 上司求獻奇物 不可承也.

▶ 상사가 이치에 맞지 않는 일을 강제로 군현에
배정하여 시키는 일이 있을 때에는 수령은 반드

시 이득이 되고 해가 되는 점을 자세히 보고하고
시키는 대로 거행하는 일이 없도록 해야 한다.

上司以非理之事 强配郡縣 牧宜敷陳利害 期不奉行.

▶ 내사와 여러 궁방에 상납하는 것은 그 기일을
어기면 또한 말썽이 생길 것이니 소홀히 해서는
안 된다.

내사 : 왕궁의 재정관리 부서.
궁방 : 왕실에서 분가한 궁실.

內司諸宮 其上納愆期 亦且生事 不可忽也.

6. 요역(徭役)

차출되어 임무를 수행하다.

▶ 상사가 차출하여 출장을 보낼 때에는 마땅히
언제나 정성껏 순종해야 한다. 사고를 핑계하거

나 병을 칭탁하여 자신의 편안만을 꾀하는 것은 군자의 도리가 아니다.

上司差遣 竝宜格順 託故稱病 以圖自便 非君子之義也.

▶ 상사가 밀봉한 공문서를 서울로 보내기 위해 인원을 차출하는 경우 이를 사절해서는 안 된다.

上司封箋 差員赴京 不可辭也.

▶ 수령이 조운의 출발을 감독하고, 관원을 조창에 보내 불필요한 잡비의 사용을 막고 횡령과 침탈을 막는다면 칭송의 소리가 길을 메울 것이다.

조운 : 배로 물건을 실어 나름.
조창 : 세곡의 보관하기 위한 창고.

漕運督發 差員赴倉 能蠲其雜費 禁其橫侵 頌聲其載路矣.

▶ 이웃 고을에 살인 사건이 생겼을 때에 검시의 명령을 받으면 더욱 회피해서는 안 된다.

殺獄檢官 尤不可謨避

▶ 제방을 수리하고 성을 쌓는 일에 감독을 나가

게 되면 기쁜 마음으로 백성을 위로하여 민심을
얻도록 힘쓴다면 그 일이 성공적으로 마무리 될
것이다.

修堤築城 差員往督 悅以勞民 務得衆心 事功其集矣.

애민육조(愛民六條)

백성을 제 몸처럼 아껴라.

1. 양로(養老)

노인을 봉양하여 예를 일으킨다.

▶ 노인을 공경하는 예절이 폐지되면서 백성들이 효도를 하지 않으니 수령이 된 자는 다시 예를 거행하지 않아서는 안 된다.

養老之禮廢 而民不興孝 爲牧者 不可以不擧也.

▶ 재정 능력이 여의치 못할 때는 경로연 규모를 지나치게 확대하지 말고, 팔십 세 이상의 노인들만을 모셔 잔치를 베풀어야 한다.

力詘而擧嬴 不可廣也 宜選八十以上.

▶ 경로잔치는 예법에 의거하여 베풀되 그 법도와 절차를 간소하게 해야 하며, 학궁에서 행해야 한다.

학궁 : 학교, 즉 향교.

依於禮法 簡其文節 行之於學宮.

▶ 때때로 노인을 우대하는 혜택을 베풀면 백성들은 이로써 노인을 공경할 줄 알 것이다.

以時行優老之惠 斯民知敬老矣.

▶ 섣달 그믐날, 즉 음력 12월 말일의 이틀 전에 먹을 음식물을 노인들에게 돌려야 한다.

歲除前二日 以食物歸耆老.

2. 자유(慈幼)

어린 고아들을 돌보아 기른다.

▶ 어린이를 사랑하는 일은 선왕의 큰 정책으로 역대 임금들이 지켜서 법령으로 삼고 있다.

慈幼者 先王之大政也 歷代修之 以爲令典.

▶ 백성이 곤궁하여 자식을 낳고서도 키우지 못한 다면 수령은 그 아이들을 가르치고 양육하되 내 아들딸처럼 보살펴야 한다.

民旣困窮 生子不擧 誘之育之 保我男女.

▶ 흉년이 드는 해에는 아이 버리기를 물건 버리듯 하니 수령은 이를 거두어 길러 백성의 부모가 되어야 한다.

歲値荒儉 棄兒如遺 收之養之 作民父母.

▶ 옛날의 어진 수령들은 어린이를 사랑하고 구휼할 정책에 마음을 다하지 않은 자가 없었다.

古之賢牧 於此慈幼之政 靡不單心.

▶ 나라의 어린이를 사랑하고 구휼하는 정책은 옛날보다도 훨씬 훌륭하여 법례에 자세히 규정하고 항상 수령들을 경계했다.

至我聖朝 慈幼之政 度越前古 祥著法例 常勅令長.

▶ 만일 흉년이 아닌 해에 어린 아이를 버리는 일

이 있으면 원하는 백성에게 거두어 기르게 하고
관에서 식량을 보조해야 한다.

若非饑歲 有遺棄者 募民收養 官助其糧.

3. 진궁(振窮)

불쌍한 사람들을 도와준다.

▶ 늙은 홀아비·과부·고아·늙어 의지할 곳이 없는
사람을 가리켜 네 가지 불쌍한 사람이라고 하는
데, 이들은 스스로 일어서지 못하고 다른 사람에
게 의지하여야만 살아갈 수 있다.

鰥寡孤獨 謂之四窮 窮不自振 待人以起 振者擧也.

▶ 혼인해야 할 나이가 지났으나 시집가고 장가
가지 못하는 자는 마땅히 관청에서 성혼시켜야
한다.

過歲不婚娶者 官宜成之.

▶ 혼인을 권장하는 정책은 우리나라에 역대 임금이 남긴 법이다. 수령된 사람은 마땅히 정성껏 지켜야 할 것이다.

勸婚之政 是我列聖遺法 令長之所宜恪遵也.

▶ 매년 1월에 혼인할 나이를 지나고도 혼인하지 못한 자를 골라서 모두 2월에 함께 혼례를 치러 주도록 해야 한다.

每歲孟春 選過時未婚者 竝於仲春成之.

▶ 홀아비와 과부를 짝지어 주는 정책 또한 펴 나아가야 할 행정이다.

合獨之政 亦可行也.

4. 애상(哀喪)

상을 당한 사람을 보살펴주다.

▶ 상사에 애도의 예를 표하는 것은 백성의 수령
된 자가 마땅히 해야 할 일이다.

哀喪之禮 民牧之所宜講也.

▶ 상중에 있는 자에게 부역을 면제하는 것은 당
연하다. 부역뿐 아니라, 수령이 자기의 힘으로 할
수 있는 것은 모두 면제해 주는 것이 좋다.

有喪蠲搖 古之道也. 其可自擅者 皆可蠲也.

▶ 백성 중에 지극히 빈궁하고 가난하여 사람이
죽었는데도 장사 지내지 못하고 시체를 구렁에
처박힐 형편에 있는 자가 있으면 관에서 돈을 내
어 장례를 치르게 해야 한다.

民有至窮極貧 死不能斂 委之溝壑者 官出錢葬之.

▶ 혹은 흉년과 전염병으로 죽는 자가 잇달아 생

길 때에는 그 시체를 거두어 매장해 주는 일을 진휼하는 일과 함께 해야 한다.

진휼 : 흉년을 당하여 가난한 백성을 도와줌.

其或饑饉厲疫 死亡相續 收瘞之政 與賑恤偕作.

▶ 슬픈 광경이 눈에 띄어 측은한 마음을 견딜 수 없거든 마땅히 구휼을 베풀고, 다시 헤아려 생각해야 한다.

구휼 : 재난을 당한 사람이나 빈민에게 금품을 주어 구제함.

或有觸目生悲 不堪悽惻 卽宜施恤 勿復商度.

▶ 혹은 먼 지방의 객지에서 벼슬살이하다가 그곳에서 죽어 내 고을을 지나가는 운구 행렬이 있거든 그 운송을 도와주고 비용을 보조하여 성의껏 후하게 도와주어야 한다.

或有客宦遠方 其旅櫬過邑 其助運助費 務要忠厚.

▶ 지방 관아의 아전과 군교가 본인이 죽거나 부모의 상을 입으면 수령은 마땅히 부의를 표하고 조문함으로써 은혜로운 마음을 남겨야 한다.

鄕丞吏校 有喪有死 宜致賻問 以存恩意.

5. 관질(寬疾)

병으로 괴로워하는 사람을 보살핀다.

▶ 불치의 병이나 치명적인 병에 걸린 사람에게는 병역과 부역의 의무를 면제해 주어야 하는데 이를 일러 관질이라 한다.

廢疾篤疾者 免其往役 此之謂寬疾也.

▶ 군졸들 중에 추위와 굶주림으로 인하여 야위고 병든 자가 있거든 옷과 음식을 주어 죽는 일이 없도록 해야 한다.

軍卒羸病 因於凍餒者 贍其衣飯 俾無死也.

▶ 폐질이나 독질에 걸려 제힘으로 먹고 살아갈 수 없는 자는 의지할 곳과 살아갈 길을 마련해 주어야 한다.

폐질 : 불치의 병.
독질 : 위독한 병

廢疾篤疾 力不能自食者 有寄有養.

▶ 잔질에 걸린 백성에게는 군적에 등록하는 것을 면제한다.

잔질 : 불구자가 되는 병

　凡殘疾之民 免其軍簽.

▶ 악성 전염병이 유행하거나 혹은 이름도 없는 유행병 때문에 죽고 요절하는 백성이 이루 셀 수 없게 되었을 때에는 관에서 구조해 주어야 한다.

　天行瘟疫 或無名時氣 死亡夭折 不可勝數者 自官救助.

▶ 전염병이 돌면 사망자가 과다한 법이니 구호 및 치료에 나서는 사람과 매장하는 일에 나서는 사람에 대해 수령은 상부에 포상을 신청해야 하다.

　流行之病 死亡過多 救療埋葬者 宜請賞典.

6. 구재(救災)

재난 당한 사람을 구제 한다.

▶ 수재나 화재에 대해서는 국가의 휼전이 있으니 오직 조심하여 시행해야 할 것이지만 항전에 없는 것은 마땅히 수령이 스스로 생각하여 구제해야 한다.

휼전 : 정부에서 이재민을 구제하는 법으로 정한 은전.
항전 : 일정한 법령에 의거한 정례의 은전.

水火之災 國有恤典 行之惟謹 宜於恒典之外 牧自恤之.

▶ 모든 백성에게 재해와 액운이 있을 때에는 불에 타는 것을 구출하고 물에 빠진 것을 건지기를 마땅히 자신이 불에 타고 자신이 물에 빠진 것처럼 해야 하며 구호를 늦춰서는 안 된다.

凡有災厄 其救焚拯溺 宜如自焚自溺 不可緩也.

▶ 장래의 환난을 미리 생각하여 사전에 예방하는 것은 재난이 일어난 뒤에 은전을 베푸는 것보다 낫다.

思患而豫防 又愈而旣災施恩.

▶ 제방을 쌓고 방죽을 설치하여 수재를 막고 그물을 이용한다면 이는 양쪽으로 이익을 얻는 방법이다.

若夫築堤設堰 以捍水災 以興水利者 兩利之術也.

▶ 재해가 이미 지나가고 나면 재난당한 백성들을 위로하고 안심시켜 편히 모여 살게 하는 것 또한 수령의 어진 정책이다.

其害旣去 撫綏安集 是又民牧之仁政也.

▶ 모든 재난을 당했을 때에는 마땅히 이재민과 함께 근심을 같이 하여 어질고 측은하게 여기는 마음을 발휘해야 할 것이다. 정성껏 했는데도 힘이 미치지 못한 것은 백성들의 마음도 용서할 것이다.

凡遇災 當與同憂 致其仁惻 力所不逮 民恕之也.

이전육조(吏典六條)

아랫사람을 바르게 다스려라.

1. 속리(束吏)

아전을 단속하다.

▶ 아전을 단속하는 근본은 수령 자신의 몸을 규율하는 데에 달렸다. 자신의 몸이 바르면 명령하지 않아도 시행되지만, 자신의 몸이 바르지 않으면 비록 명령을 해도 시행되지 않을 것이다.

束吏之本 在於律己 其身正 不令而行 其身不正 雖令不行.

▶ 수령이 좋아하는 것이 무엇인지 알면 아전이 수령의 뜻에 영합하지 않는 것은 없다. 내가 재물을 좋아하는 줄 알면 반드시 이것으로 나를 유혹할 것이다. 한번 유혹을 당하면 곧 그들과 함께 죄에 빠지고 만다.

영합 : 비위를 맞춤.

牧之所好 吏無不迎合 知我好利 必誘之以利 一爲所誘 則與之同陷矣.

▶ 윗자리에 있으면서 아랫사람에게 너그럽지 않은 것은 성인들이 경계하는 바이니, 너그럽게 대

하되 풀어 주지 않고 어질게 대하되 나약하지 않으면 일을 그르치는 것이 없을 것이다.

居上不寬 聖人攸誡 寬而不弛 仁而不懦 亦無所廢事矣.

▶ 올바로 이끌려 해도 따르지 않고, 가르쳐도 고치려 하지 않으며, 과거의 잘못을 뉘우치지 않고 자꾸 수령을 속이는 극악무도하고 간악한 자는 형벌로써 다스려야 한다.

誘之不牖 敎之不悛 怙終欺詐 爲元惡大奸者 刑以臨之.

▶ 간악한 무리들의 우두머리는 반드시 포정사 밖에 비를 세우고 이름을 새겨 영원히 복직시키지 말아야 한다.

포정사 : 감사가 정사를 펴던 관청.

元惡大奸 須於布政司外 立碑鑴名 永勿復屬.

▶ 알지 못하면서 아는 체하며 물이 흐르는 것처럼 술술 결재하는 것은 수령이 아전의 계략 속에 말려들은 것이다.

不知以爲知 酬應如流者 牧之所以墮於吏也.

▶ 그들을 예로 질서를 세우고 온정으로 대우하라. 그렇게 한 뒤에 법으로 단속해야 한다. 만일 그들을 업신여기고 억눌러서 혹사하며, 도리도 순서도 없이 마음 내키는 대로 대우한다면 그들은 단속을 받지 않을 것이다.

齊之以禮 接之有恩 然後束之以法 若陵轢虐使 顚倒詭遇 不受束也.

▶ 아전들이 와서 뵈올 때에는 흰옷과 베띠 차림을 하는 것을 금해야 한다.

吏屬參謁 宜禁白衣布帶.

▶ 아전들이 모여 연회를 열고 즐기는 것은 백성들의 마음을 상하게 한다. 엄중히 금지하고 거듭거듭 경계하여 감히 유흥에 빠지는 일이 없도록 해야 한다.

吏屬遊宴 民所傷也 嚴禁屢戒 毋敢戲豫.

▶ 아전들이 관청에서 매의 형벌을 가하는 것은 마땅히 금지해야 한다.

吏廳用笞罰者 亦宜禁之.

▶ 인원이 적으면 일 없이 놀고 있는 자가 적을 것이며 혹독하게 거두어들이는 일도 심하지 않게 될 것이다.

員額少 則閑居者寡 而虐斂未甚矣.

▶ 지금의 향리들은 재상들과 결탁하고 감독관청과 내통하여 위로는 수령을 가볍게 여기고 아래로는 백성을 침탈한다. 이러한 자들에게 굽히지 않는다면 그는 훌륭한 수령이다.

향리 : 시골 고을의 아전.

今之鄉吏 締交宰相 關通察司 上藐官長 下剝生民 能不爲是所屈者 賢牧也.

▶ 우두머리 아전은 권한이 크니 어떤 특정인에게만 치우치게 장기간 책임을 맡겨서는 안 된다. 우두머리 아전을 자주 불러들여 의논하지 말아야 하며 죄가 있으면 반드시 처벌하여 백성으로 하여금 의혹을 사는 일이 없게 해야 한다.

首吏權重 不可偏任 不可數召 有罪必罰 使民無惑.

▶ 수령이 부임한 지 두어 달 되면 아래 아전들의 이력표를 만들어 책상 위에 놓아두어야 한다.

이력표 : 아전의 성명, 취임 연월일, 사무 담당의 경력 등을 기록한 표.

上官旣數月 作下吏履歷表 置之案上.

▶ 아전들이 농간을 부림에 있어 그 주모자는 대개 사(史)이니 아전들의 농간을 막으려 한다면 사로 하여금 두려움을 알게 해야 하며, 아전들의 농간을 들추어내고자 한다면 사를 끌어내야 한다.

사 : 서기를 이르는 말.

吏之作奸 史爲謨主 欲防吏奸 怵其史 欲發吏奸 鉤其史.

2. 어중(馭衆)

위엄과 믿음으로 부하들을 통솔한다.

▶ 대중을 통솔하는 길은 위엄과 신용뿐이다. 위엄은 청렴에서 나오며 신용은 충성에서 나온다. 충성하면 능히 청렴할 수 있는 것이니 이로써 가히 대중을 따르게 할 수 있는 것이다.

馭衆之道 威信而已. 威生於廉 信由於忠 忠而能廉 斯可以
服衆矣.

▶ 군교들은 무인으로 거칠고 사나운 무리이다.
그들의 약탈과 횡포를 엄중하게 막아야 한다.

군교 : 장교.

軍校者 武人麤豪之類 其戢橫 宜嚴.

▶ 문졸이라는 것은 옛날의 조예로서 관속 중에
서 가장 가르침에 따르지 않는 자들이다.

문졸 : 지방 관청에 딸려 있던 사령.
조예 : 천한 하인.

門卒者 古之所謂早隷也 於官屬中最不率敎.

▶ 관노가 농간을 부리는 것은 오직 창고에 있다.
거기에는 담당 아전이 있으니 관노가 주는 피해
는 그다지 심하지 않을 것이다. 은정으로 어루만
져 주고 가끔 지나친 행위가 없도록 해야 한다.

官奴作奸 惟在倉廒 有吏存焉 其害未甚 撫之以恩 時防其
濫.

▶ 시동은 어리고 약한 자이니 수령은 마땅히 어루만져 길러야하고, 죄가 있을 때에는 마땅히 가장 가벼운 법을 좇아 처리해야할 것이다. 그러나 그의 체격이 이미 장년처럼 장대한 자는 아전과 같이 단속해야 한다.

시동 : 지방 관청에서 심부름 하는 아이.

侍童幼弱 牧宜撫育 有罪宜從末減 其骨格已壯者 束之如吏.

3. 용인(用人)

사람 쓰는 일이 중요하다.

▶ 나라를 잘 다스리는 일은 사람을 잘 등용하는데에 달렸다. 군과 현이 비록 작으나 인재를 등용해야 한다는 것은 나라의 경우와 다를 것이 없다.

爲邦在於用人 郡縣雖小 其用人 無以異也.

▶ 향승이란 현령을 보좌하는 자이다. 반드시 한 고을 안에서 가장 착한 자를 선택하여 이 직책을 맡겨야 한다.

鄕丞者 縣令之補佐也 必擇一鄕之善者 俾居是職.

▶ 만일 적임자를 얻지 못한다면 이는 자리만 채울 뿐이니 그들에게 여러 가지 정사를 맡겨서는 안 된다.

苟不得人 備位而已 不可委之以庶政.

▶ 아첨을 잘하는 자는 충성스럽지 못하고 간언하기 좋아하는 자는 배반하지 않으니 이 점을 잘 살펴 유념하면 실수가 별로 없을 것이다.

善諛者不忠 好諫者不偝 察乎此則 鮮有失矣.

▶ 풍헌과 약정은 모두 향승이 추천한다. 추천된 사람이 적임자가 아닐 때에는 임명장을 도로 회수해야 한다.

풍헌 : 유향소에서 면이나 리의 일을 맡아보았던 관리.
약정 : 향약 조직의 임원.

風憲約正 皆鄕丞薦之 薦非其人者 還收差帖.

▶ 군관이나 장관인 무반의 반열에 서는 자는 모두 굳세고 용맹스러우며 적의 습격을 막아낼 만한 기색이 있으면 좋은 것이다.

軍官將官之 立於武班者 皆桓桓赳赳 有禦侮之色 斯可矣.

▶ 수령이 비장을 두고자 한다면 인재를 고를 때 충성이나 신의를 먼저 보고 재주와 지혜는 그 다음으로 보아야 할 것이다.

비장 : 감사나 수령을 보좌하는 사람.

其有幕裨者 宜愼擇人材 忠信爲先 才謂次之.

4. 거현(擧賢)

어진 인재를 천거한다.

▶ 어진 사람을 천거하는 것은 수령의 직책이다. 비록 예전과 지금의 제도가 다르나 그렇다고 어

진 이를 천거하는 일을 잊어서는 안 된다.

擧賢者 守令之職 雖古今殊制 而擧賢不可忘也.

▶ 과거에 응시하는 선비를 수령이 추천하는 것은 비록 국법은 아니지만 마땅히 문학에 능한 선비를 추천하고 천거해야 하고 법에 구애될 필요는 없다.

科擧鄕貢 雖非國法 宜以文學之士 錄之于擧狀 不可苟也.

▶ 관내에 학문과 행실을 열심히 닦는 선비가 있다면 수령은 몸소 그를 방문하고 명절에 방문하여 예를 갖추어야 한다.

部內 有經行篤修之士 宜躬駕以訪之 時節存問 以修禮意.

5. 찰물(察物)

고을의 동태를 상세히 살핀다.

▶ 수령은 혼자서 고립되어 앉아 있는 자리로 밖에는 모두 나를 속이려는 자들이다. 사방을 살필 수 있도록 눈을 밝히고 사방의 소리를 들을 수 있도록 귀를 밝게 해야 하는 것은 오직 제왕만이 그런 것은 아니다.

牧子然孤立 一撝之外 皆欺我者也 明四目達四聰 不唯帝王然也.

▶ 해마다 정월 초하룻날에는 향교에 통첩을 내려 백성들의 아픔과 괴로운 사정을 물어 이로운 것과 해로운 것을 지적하여 진술하게 해야 한다.

每孟月朔日 下帖于鄕校 以問疾苦 使各指陳利害.

▶ 자제나 친한 빈객으로서 마음을 단정하고 깨끗이 가지며 사무도 능숙하게 하는 자가 있으면 그로 하여금 비밀히 민간의 사정을 살피게 하는 것이 좋다.

子弟親賓 有立心端潔 兼能識務者 宜令微察民間.

▶ 이방의 권한을 두터이 하면 수령과 백성 사이가 막히고 덮여 서로 통하지 아니하니 달리 염탐하는 일을 그만둘 수 없다.

首吏權重 壅蔽弗達 別歧廉問 不可已也.

▶ 미세한 과실과 작은 허물쯤은 덮어 주고 감싸 주어야지 낱낱이 살펴 밝히는 것은 현명한 일이 못 된다. 모르는 척하다가 이따금 간사한 것을 적발하는 것을 기민하기가 신과 같이 해야 백성들은 비로소 두려워할 것이다.

凡細過小疵 宜含垢藏疾 察察非明也. 往往發奸 其機如神 民斯畏矣.

▶ 미행하는 것은 물정을 바로 살피기에는 부족하고 한갓 위신만 손상하게 되는 것이니 해서는 안 된다.

미행 : 미복으로 슬그머니 다님.

微行不足以察物 徒以損其體貌 不可爲也.

▶ 주위에 늘 가까이 있는 사람들의 말을 그대로 믿고 들어서는 안 된다. 비록 쓸데없는 지나가는 말 같지만 그들의 말에는 모두 사사로운 마음이 포함되어 있다.

左右近習之言 不可信聽 雖若閑話 皆有私意.

▶ 감사가 염문하는 경우 감영의 아전이나 서리를 시켜서는 안 된다.

염문 : 남모르게 물어 봄.

　監司廉問 不可使營吏營胥.

6.고공(考功)

하급 관리들의 공적을 평가한다.

▶ 벼슬아치가 할 일은 반드시 그 공적을 살펴야 한다. 벼슬아치들이 공적을 살피지 않으면 백성들이 힘써 일하지 않는다.

　吏事必考其功 不考其功 則民不勸.

▶ 국법에 없는 일을 독단적으로 행할 수는 없겠지만 그들의 공로와 과실을 적어 두었다가 연말에 공과 허물을 의논해서 상을 주는 일은 오히려

하지 않는 것보다는 좋을 것이다.

國法所無 不可獨行 然書其功過 歲終考功 以議施賞 猶賢
乎已也.

▶ 수령의 임기는 6년으로 정해야 한다. 수령이
먼저 오래 재임하게 된 뒤라야 아전들의 공과 허
물을 논의할 수 있을 것이다. 만일 그렇게 하지
못한다면 오직 신상필벌에 의존해야 할 것인데
그렇게 하면 백성들로 하여금 수령의 처분에 따
르라고 강요하는 것밖에 되지 않는다.

신상필벌: 공이 있는 사람에게는 상을 주고 죄가 있는 사람에게는 벌을 주
는 것.

六其爲斷 官先久任而後 可議考功 如其不然 唯信賞必罰
使民信令而已.

호전육조(戶典六條)

농업을 중히 여기고, 조세를 공평히 하라.

1. 전정(田政)

토지 행정을 올바르게 잡는다.

▶ 수령의 직책은 54조 중에서 전정, 즉, 토지에 관한 정사가 가장 어렵다. 이는 우리나라의 전법이 제도가 본래 잘 되어 있지 않기 때문이다.

牧之職五十四條 田政最難 以吾東田法 本自未善也.

▶ 지금 시행되고 있는 토지 계산법에는 방전, 직전, 구전, 제전, 규전, 사전, 요고전 등 여러 가지 이름이 있다. 그것을 추산하여 측량하는 방식은 이미 쓰이지 않은 지 오래 되었으니 다른 토지에 통용할 수는 없다.

時行田算之法 乃有 方田 直田 句田 梯田 圭田 梭田 腰鼓田 諸名 其推算打量之式 仍是死法 不可通用於他田.

▶ 논밭의 측량은 토지 제도의 중대한 시책이니 묵은 밭을 조사하고 숨긴 토지를 밝혀내서 구안하기를 기도할 수밖에 없다. 구안할 수 없다면 고쳐 측량하기를 힘쓸 것이지만 그다지 큰 폐해가 없는 것은 모두 예전대로 두고, 그 중에서 매우

심한 것만을 바로 잡아서 원액에 충당한다.

구안 : 임시 조치만 취함.
원액 : 원래의 정한 수.

改量者 田政之大擧也. 査陳覈隱 以圖苟安 如不獲已 黽勉
改量 其無大害者 悉引其舊 釐其太甚 以充原額.

▶ 양전의 법은 아래로는 백성에게 해가 되지 않
고 위로는 나라에 손해를 끼치지 않고 오로지 공
평하게 해야 하니 먼저 적임자를 얻고 나서야 이
를 논할 수 있다.

量田之法 下不害民 上不損國 唯其均也 唯先得人 乃可議
也.

▶ 경기 지방의 토지는 척박한 것이 사실이나 본
래 세금을 가볍게 정했고, 남쪽 지방의 토지는 비
록 비옥하여 세금을 본래 무겁게 정한 것이니 모
든 부(負)와 속(束)의 면적은 옛것을 따라야 한다.

부와 속 : 모두 면적 단위.

畿田雖瘠 本旣從輕 南田雖沃 本旣從重 凡其負束 悉因其
舊.

▶ 묵은 밭 중에서 그대로 묵혀 버린 토지는 그에

대한 세액을 밝혀서 세가 과중하다면 토지의 등급을 낮추어 주지 않으면 안 된다.

唯陳田之遂陳者 明其稅額過重 不可不降等也.

▶ 묵은 밭의 등급을 낮추면 자호가 옮겨 변경되므로 장차 백성들의 소송이 많게 될 것이다. 그 자호가 변한 것은 모두 증명서를 주어야 한다.

자호 : 여기서는 (천자문)의 글자를 차례로 가져다가 번호를 매기는 것을 말함.

陳田降等 字號遷變 民將多訟 凡其變者 悉給牌面.

▶ 전지를 측량하는 법은 어린도로서 방전을 만드는 것보다 더 좋은 것은 없으나 모름지기 조정의 명령이 있어야 시행할 수 있다.

어린도 : 토지의 크기를 축소하여 만든 지도.
방전 : 네모반듯한 논.

總之量田之法 莫善於魚鱗爲圖 以作方田 須有朝令 乃可行也.

▶ 묵힌 토지를 조사하는 것은 전정의 큰 조목이다. 묵힌 밭에 세를 부과하면 원망이 많은 것이니 묵힌 밭을 조사하지 않을 수 없다.

査陳者 田政之大目也 陳稅多冤者 不可不査陳也.

▶ 진전을 다시 개간하는 일을 백성의 힘만 믿어서는 안 된다. 수령은 마땅히 정성껏 경작하기를 권유하고 또 따라서 그것을 조력해 주어야 한다.

진전 : 토지대장에는 등록되어 있으나 실제로는 경작하지 않는 토지.

陳田起墾 不可恃民 牧宜至誠勤耕 又從而助其力.

▶ 은결, 여결은 해마다 달마다 늘고 궁결, 둔결도 해마다 달마다 늘며, 원전으로서 국가에 납세하는 것은 해마다 달마다 줄어만 가니 장차 어떻게 할 것인가.

은결 : 토지 대장에 올리지 않은 전지.
여결 : 은결과 같음.
궁결 : 궁이나 관아에 소속된 전지.
둔결 : 둔전에서 거두어들이던 세금.
원전 : 세금을 내고 경작하는 논과 밭.

隱結餘結 歲增月衍 宮結屯結 歲增月衍 而原田之稅于公者 歲減月縮 將若之何也.

2. 세법(稅法)

세금을 공평하게 거둔다.

▶ 농지 제도가 이미 그러하니 세법도 드디어 문란해졌다. 연분 제도에서 잃어버리고 황두의 수납에서 손실되니 국가의 세입은 얼마 되지 않는 것이다.

연분 : 농작물의 작황에 따라 정하는 세율.
황두 : 콩, 대두.

田制旣然 稅法隨紊. 失之於年分 失之於黃豆 而國之歲入 無幾矣.

▶ 집재니 표재니 하는 것은 전정의 말단의 일이다. 큰 근본이 이미 거칠어졌기 때문에 조리가 모두 문란한 것이다. 비록 마음과 힘을 다해 수행한다 해도 마음에 흡족함이 없을 것이다.

집재 : 재난을 조사함.
표재 : 재해 입은 전지의 조세를 감하는 것.
전정 : 토지에 부과되던 조세.

執災俵災者 田政之末務也. 大本旣荒 條理皆亂 雖盡心力 而爲之 無以快於心.

▶ 서원이 재해 조사를 위하여 들에 나가는 날 수령이 면전에 불러 놓고 온화한 말로 타이르고 위엄 있는 말로 겁을 주기도 하여 그 성의가 간절하게 전해져 감동이 된다면 무익하지 않을 것이다.

서원 : 기록원.

書員出野之日 召至面前 溫言以誘之 威言以怵之 至誠惻怛 有足感動 則不無益矣.

▶ 큰 가뭄이 드는 해에는 모내기를 하지 못한 논을 답사할 때에는 마땅히 적임자를 잘 선택하여 그 일을 맡겨야 한다.

답사 : 실제로 가보고 조사함.

大旱之年 其未移秧踏驗者 宜擇人以任之.

▶ 재결을 상사에게 보고하는 것은 마땅히 실제 숫자대로 해야 하며, 만일 혹시 상사에게 재결의 수가 많다고 하여 삭감하라는 명령을 받는 일이 있을 경우에는 인책을 각오하고 거듭 보고 해야 한다.

재결 : 자연재해를 입은 논밭.

其報上司 宜一遵實數 如或見削 引咎再報.

▶ 표재도 또한 어려운 일이다. 만일 상사로부터 결재를 얻어낸 감세액이 고을에서 조사한 액수보다 적을 때에는 평균하게 비례를 따라서 각각 감세액을 얼마만큼씩 줄여야 한다.

표재 : 흉년이 든 때에 조세를 줄임.

俵災赤難矣 若其所得 少於所執 平均比例各減幾何.

▶ 표재가 끝나면 곧 작부로 하여금 그들이 이사를 가거나 오는 것을 일체 엄금하게 한다. 그러나 세곡을 징수하는 장부는 편리한 것에 좇아 작성하도록 허락한다.

작부 : 징세 책임을 진 사람.

俵災旣了 乃令作夫 其移來移去 一切嚴禁 其微米之簿 許令從便.

▶ 간사한 서원과 교활한 아전이 몰래 민결을 제역촌으로 옮겨 기록한 것은 명백하게 조사하고 엄중히 금지해야한다.

서원 : 기록원.
민결 : 백성의 농지.
제역촌 : 납세가 면제된 마을.

奸吏猾吏 潛取民結 移錄於除役之村者 明査嚴禁.

▶ 장차 작부를 구성하려고 할 때에는 먼저 부유한 집들을 골라서 따로 한 권으로 묶음으로써 그 세미로써 국세의 액수를 충당하게 한다.

작부 : 징세 책임을 지는 자.

　將欲作夫 先取實戶 別爲一冊 以充王稅之額.

▶ 계판이 이미 완성되면 조목조목 열거하여 책을 만들어 여러 마을에 나누어 주어서 후일의 참고로 삼게 해야 한다.

계판 : 세액과 세율을 의논하여 결정함.

　計版旣成 條列成冊 頒于諸鄕 俾資後考.

▶ 계판에 기록된 것 이외에도 모든 전역은 아직도 많다.

전역 : 농지에 따른 세금.

　計版之外 凡田役尙多.

▶ 정월에 창고를 열고 세미를 수납하는 날은 수령이 마땅히 친히 나가서 받아야 한다.

　正月開倉 其輸米之日 牧矣親受.

▶ 세미를 받기 위하여 창고를 열려고 할 때에는 창고가 있는 마을에 방을 내걸어 세곡이 헛되이 유출되는 것을 엄금하라는 유시를 내려야 한다.

방 : 게시.

將開倉 榜諭倉村 嚴禁雜流.

▶ 백성이 세금 바치는 기일을 어겼더라도 아전을 내보내서 독촉하게 하는 것은 마치 호랑이를 양의 우리에 내놓는 것과 같은 것이니 반드시 해서는 안 된다.

雖民輸愆期 縱吏催科 是猶縱虎於羊欄 必不可爲也.

▶ 짐을 꾸려 육로로 발송하는 일과 배로 운송은 모두 법조문을 자세히 검토하여 조심스럽게 지킬 것이며, 조금도 어긋남이 없어야 한다.

其裝發漕轉 竝須詳檢法條 恪守毋犯.

▶ 궁전과 둔전으로서 백성의 고혈을 빨아먹는 일이 너무 지나친 것은 수령이 살펴서 너그럽게 해주어야 한다.

궁전 : 각 궁에 딸린 논밭.
둔전 : 군대의 군량을 마련하기 위한 논밭.

宮田屯田 其剝割太甚者 察而寬之.

▶ 남쪽 지방과 북쪽 지방은 풍속이 달라서 씨앗과 부세를 지주가 내는 경우도 있고 혹은 소작인이 내는 경우도 있다. 수령은 오직 그 지방의 풍속에 순응하여 처리해서 백성들로 하여금 원망하는 일이 없게 해야 한다.

南北異俗 凡種稅 或田主納之 或佃夫納之 牧惟順俗而治 俾民無怨.

▶ 서북 지방과 관동 지방과 경기도의 북쪽은 본래 전정이 없다. 오직 농지 대장을 살펴서 전례대로 따를 뿐이고 마음 쓸 일이 없다.

전정 : 토지에 부과되던 조세.

西北及關東畿北 本無田政 惟當按籍以循例 無所用心也.

▶ 화전의 세곡은 관례에 의거하여 비총에 좇고, 오직 큰 흉년에는 재량으로 감액해야 하며, 농사를 크게 망친 마을에는 재량하여 감액해야 한다.

비총 : 토지에서 거두어들이는 세금의 총액.

火粟之稅 按例比總 唯大饑之年 量宜裁減 大敗之村 量宜裁減.

3. 곡부(穀簿)

환곡의 폐단을 바로잡는다.

▶ 환상이란 것은 사창의 한 변형이다. 그것은 쌀을 팔고 사고하는 것도 아니면서 백성들의 뼈에 사무치는 병이 되니 백성이 죽고 나라가 망할 정도의 급박한 일이다.

환상 : 정부 곡식을 봄에 백성들에게 빌려주고 가을에 이자를 붙여 받아들이는 것.

還上者 社倉之一變 非糶非糴 田賦之外 又一大賦 爲生民切骨之病 民劉國亡 呼吸之事也.

▶ 환상이 폐해가 되는 것은 그 법의 근본이 문란하기 때문이다. 근본이 이미 문란하니 그 말단(백성)이 어찌 다스려질 수 있겠는가.

還上之所以弊 其法本亂也 本之旣亂 何以末治.

▶ 상사(감사)가 장사를 하느라 상판을 크게 열고 있으니 수령이 법을 어김은 이루 말로 다할 수 없다.

상판 : 상점. 장사.

上司貿遷 大開商販之門 守臣犯法 不足言也.

▶ 수령이 농간을 부려 그 남는 이익을 훔쳐 먹으니 아전들의 농간질이야 말할 나위도 없다.

守臣飜弄 竊其贏羨之利 胥吏作奸 不足言也.

▶ 윗물이 이미 흐렸으니 아랫물이 맑을 수가 없다. 아전들의 협잡은 방법을 갖추지 않은 것이 없다. 간사하고 교활함이 귀신같아서 밝게 살필 수 없다.

협잡 : 옳지 않은 방법으로 남을 속임.

上流旣濁 下流難淸 胥吏作奸 無法不具 神姦鬼猾 無以昭察.

▶ 환상의 폐해가 이와 같으니 수령이 구제할 수 있는 일이 아니다. 다만 출납의 수량과 나누어준 것과 유치한 것의 실상만 수령이 밝게 알고 있으면 아전의 횡포가 덜 심할 것이다.

弊至如此 非牧之所能救也. 惟其出納之數 分留之實 牧能認明 則吏橫未甚矣.

▶ 만일 단속하기에 간편한 규정을 말한다면 오직 경위표라는 일람표를 작성하는 한 가지 방법이 있을 뿐이다. 그것을 작성하여 눈앞에 손바닥을 펴듯 펴놓으면 명료하게 알 수 있다.

경위표 : 종횡으로 살필 수 있는 일람표.

若夫團束簡便之規 惟有經緯表一法 眉列掌視 暸然可察.

▶ 양곡(환곡)을 나누어 주는 날에는 그 중에 응당 나누어 주어야 할 것과 응당 멈추어 두어야 할 것을 마땅히 정밀하게 조사 검열해서 명료하게 살펴볼 수 있도록 꼭 경위표를 작성해야 할 것이다.

頒糧之日 其應分應留 査驗宜精 須作經緯表 暸然可察.

▶ 대체로 환상은 잘 거두어들인 후에라야 잘 나누어 줄 수 있는 것이다. 그것을 잘 거두지 못하면 다음 일 년이 문란하게 되어 구제할 방법이 없다.

凡還上 善收而後 方能善頒 其收未善者 又亂一年 無救術也.

▶ 외촌에 창고가 없으면 수령은 마땅히 5일에 한

번씩, 창고에 나와서 친히 수납해야 하고, 만약 외촌에 창고가 있으면 다만 창고를 열고 수납을 시작하는 날만 친히 나가서 수납의 방식을 정해 주어야 한다.

其無外倉者 牧宜五日一出 親受之 如有外倉 唯開倉之日
親定厥式.

▶ 대체로 환상이란 비록 수납 때 수령이 친히 받아들이지 못하더라도 나누어줄 때에는 반드시 친히 나가서 나누어 주어야 한다. 한 되, 반 홉일지라도 아전을 시켜 대신 분배하게 해서는 안 된다. 몇 차례씩 나누어 분배하라는 법은 반드시 그것에 구애될 까닭은 없다.

凡還上者 雖不親受 必當親頒 一升半龠 不宜使鄕丞代頒
巡分之法 不必拘也.

▶ 환곡을 단번에 다 나누어 주고자 하는 수령은 마땅히 이 뜻을 사전에 상사에게 보고해야 한다.

凡欲一擧而盡頒者 宜以此意 先報上司.

▶ 환곡의 회수를 절반 이상이나 끝냈는데 갑자기 조전 명령이 내려오면 마땅히 이치를 따져 방

보해야 하며 그대로 받들어 행하여서는 안 된다.

조전 : 쌀을 내어 주고 돈으로 받음.
방보 : 상급 관청에 보내는 보고서.

收糧過半 忽有糶錢之令 宜論理防報不可奉行.

▶ 재해를 당한 때에 다른 곡식을 대신 수납한 것
은 따로 그 장부를 정리했다가 곧 본래의 곡식으
로 도로 환원시켜야 하고 오래 끌어서는 안 된다.

災年之代收他穀者 別修其簿 隨卽還本不可久也.

▶ 산성에 두는 곡식은 백성의 고통이 되는 것이
니 그 백성들에게는 다른 요역을 면제하여 백성
의 노역 제공을 균등하게 해야 할 것이다.

其有山城之穀 爲民痼瘼者 蠲其他搖 以均民役.

▶ 사족이나 일반 백성이 한두 사람이 와서 사사
로이 창고의 곡식을 구걸하는 자가 있다. 이것을
별환이라고 하는데 허락해서는 안 된다.

별환 : 특혜로 베푸는 환곡.

其有一二士民 私乞倉米 謂之別還 不可許也.

▶ 세시에 양곡을 나누어 주는 일은 오직 흉년이 들어 곡식이 귀할 때에만 해야 한다.

세시 : 해가 바뀌는 때.

歲時頒糧 惟年荒穀貴 乃可爲也.

▶ 혹 민호는 많지 않은데, 환곡의 세금이 너무 많은 것은 상부에 청하여 감액하고, 혹은 환곡의 너무 적어서 그것으로는 도저히 구제할 길이 없을 때는 상부에 신청하여 증액해야 한다.

其或民戶不多 而穀簿太溢者 請而減之 穀簿太少 而接濟無策者 請而增之.

▶ 외촌에 있는 창고에 환곡을 저장하는 것은 마땅히 백성의 집 호수를 계산하여 읍내에 있는 창고의 저장과 그 비율을 맞추어야 하며, 아래 아전에게 맡겨서 제 마음대로 이리저리 옮기게 해서는 안 된다.

外倉儲穀 宜計民戶 使與邑倉 其率相等 不可委之下吏 任其流轉.

▶ 흉년에 환곡의 회수를 연기하는 은택은 마땅히 모든 백성에게 골고루 펴야 할 것이며, 포흠질

하는 아전으로 하여금 독차지하게 해서는 안 된
다.

포흠 : 관청의 물건을 사사로이 쓰는 것.

凶年停退之澤 宜均布萬民 不可使逋吏專受也.

▶ 아전의 포흠은 적발하지 않을 수 없으나 포흠
을 징수하는 일을 지나치게 혹독하게 해서는 안
된다. 법을 처리하는 것은 마땅히 준엄해야 하지
만 죄수를 생각하는 마음은 마땅히 가엾게 여겨
야 한다.

吏逋不可不發 徵逋不可太酷 執法宜嚴峻 慮囚宜哀矜.

▶ 네 계절마다 환곡을 마감하고 나서 그 결과를
감사에게 보고하기 위해 회초성첩을 할 때는 수
령이 사실과 이유를 자세히 알아야 하므로 아전
의 손에 맡겨서는 안 된다.

회초성첩 : 환곡의 처리결과를 작성한 문서.

每四季磨勘之還 其回草成帖者 詳認事理 不可委之於吏
手.

4. 호적(戶籍)

호적은 엄정하게 바로잡아야 한다.

▶ 호적이란 모든 부세의 원천이며 온갖 요역의 근본이다. 호적이 바르게 된 뒤라야 부세와 요역이 고르게 된다.

戶籍者 諸賦之源 衆徭之本 戶籍均而後賦役均.

▶ 호적이 흐리고 문란하여 기강이 크게 어긋나면 위대한 역량이 아니면 이 문란한 호적을 균형있게 바로잡을 수가 없다.

戶籍貿亂 罔有綱紀 非大力量 無以均平.

▶ 장차 호적을 정리하려면 먼저 가좌를 살펴보아서 민가의 허와 실을 고루 안 뒤에 비로소 증감을 시행해야 한다. 그러니 가좌의 장부를 소홀히할 수는 없다.

가좌 : 한 집안 관련 일체 사항의 기록.

將整戶籍 先察家座 周知虛實 乃行增減 家座之簿 不可忽也.

▶ 호적을 개편할 시기가 되면 곧 이 장부를 근거로 늘리거나 줄이거나 옮기도록 하고, 여러 마을에 호적 등기 호수를 공평하고 지극히 충실하게 하여 허위가 없게 한다.

戶籍期至 乃據此簿 增減推移 使諸里戶額 大均至實 無有虛僞.

▶ 새 호적부가 이루어지면 곧 관령으로 각 마을의 호적 기재 총 호수의 기록을 각 마을에 나누어준다. 그리고 엄숙하게 금령을 세워서 감히 번거롭게 송사하지 못하게 한다.

新簿旣城 直以官令 頒總于諸里 嚴肅立禁令 無敢煩訴.

▶ 만일 가구가 줄어서 원래의 호수를 채울 수 없을 때에는 사유를 논술하여 상사에게 보고하고 또 큰 흉년이 들어서 열 집에 아홉 집은 빈집이 되어서 원래 호수를 채울 수 없을 때에도 사유를 논술하여 상사에 보고하고 호수의 감액을 청구해야 한다.

若烟戶衰敗 無以充額者 論報上司 大饑之餘 十室九室 無以充額者 論報上司 請減其額.

▶ 만일 인구수에 따른 수수료와 쌀과 정서조는 그 전부터의 예에 따라 백성이 납입하는 것을 허락하지만, 그 밖에 아전들이 침탈하는 것은 모두 엄금해야 한다.

정서조 : 대서료 등으로 거두는 벼.

若夫人口之米 正書之組 循其舊例 聽民輸納 期餘侵虐 竝宜嚴禁.

▶ 나이를 늘이는 자, 나이를 줄이는 자, 유학이라고 사칭한 자, 허위의 관작을 붙인 자, 홀아비라고 거짓 칭하는 자, 본적을 속인 자는 모두 조사하여 금지시켜야 한다.

增年者 減年者 冒稱幼學者 僞戴官爵者 假稱鰥夫者 許爲科籍者 竝行査禁.

▶ 모든 호적에 대한 사항으로 순영에서 관례에 따라 통첩해온 것을 민간에 선포하는 것은 좋지 않다.

순영 : 감찰사가 직무를 보던 관아.

凡戶籍事目之 自巡營例關者 不可布告民間.

▶ 호적이란 나라를 다스리는 큰 정사다. 지극히

엄중하고 지극히 정밀해야 백성의 부세도 바로 잡을 수 있는 것이다. 그런데 지금 여기에 논술한 것은 그저 풍속에 순응하라는 것이다.

戶籍者 國之大政 至嚴至情 乃正民賦 今慈所論以順俗也.

5. 평부(平賦)

부역이 공평하게 되도록 힘쓴다.

▶ 부역을 공평하게 시키는 것은 수령이 해야 할 일곱 가지 일 가운데서도 중요한 일이다. 무릇 고르지 않은 부역은 징수해서는 안 되니 조금이라도 공평하지 않으면 정치가 아니다.

賦役均者 七事之要務也. 凡不均之賦 不可徵 錙銖不均 非政也.

▶ 토지에 대한 세금 이외에 가장 큰 부담을 주는

것은 민고이다. 혹은 전부로 부과하고 혹은 호부로 부과하여 비용은 날로 불어나니 백성들은 살아갈 수가 없다.

민고 : 관청의 비용을 충당하기 위해 거두는 세금.
전부 : 토지에 대하 세금.
호부 : 집집마다 부하는 세금.

田賦之外 其最大者 民庫也. 或以田賦 或以戶賦 費用日廣 民不聊生.

▶ 민고의 예는 고을마다 각각 달라서 아무런 절제도 없다. 쓸 일이 있으면 그때그때 거둬들이는 것이어서 백성을 못살게 함이 가장 격렬하다.

民庫之例 邑各不同 其無節制 隨用隨斂者 其厲民尤烈.

▶ 법례를 다듬고 그 조리로 밝게 하여 백성과 함께 국법을 지키는 것과 같게 해야 비로소 절제가 있게 될 것이다.

조리 : 사물의 본질적 법칙.

修其法例 明其條理 與民偕遵守之 如國法 乃有制也.

▶ 계방이라는 것은 온갖 폐단의 근원이며 모든 간사한 자들의 소굴이다. 계방을 없애지 않고는

어떤 일도 해 볼 도리가 없다.

계방 : 공역과 잡부의 면제를 위하여 아전들에게 제물을 주는 계.

契房者 衆弊之源 群奸之寶 契房不罷 百事無可爲也.

▶ 이에 궁전, 둔전, 교촌, 원촌을 조사하여 그들
이 숨기고 있는 모든 것이 그 전지를 경작할 만한
호수를 초과할 때에는 모두 들추어서 공부를 고
르게 할 것이다.

교촌 : 향교가 있는 마을.
원촌 : 서원이 있는 마을.
공부 : 국가에서 각 군현 단위에 부과한 현물세.

迺査宮田 迺査屯田 迺査校村 迺査院村 凡厥庇隱 踰其所
田 悉發悉敷 以均公賦.

▶ 이에 역촌, 참촌, 점촌, 창촌 등을 조사하여 관
의 비호 아래 숨긴 것이 법에 맞지 않는 것이 있
으면 모조리 들추어서 세금을 부과하여 공부를
고르게 할 것이다.

역촌 : 역이 있는 마을.
참촌 : 말을 쉬어 가던 곳.
점촌 : 상점이 있는 마을.
창촌 : 관청의 창고가 있는 마을.

乃査驛村 乃査站村 乃査店村 乃査倉村 凡厥庇隱 非中法
理 悉發悉敷 以均公賦.

▶ 미렴으로 거두는 것은 전렴으로 거두는 것만 못하다. 본래부터 쌀로 징수하던 것도 고쳐 마땅히 돈으로 징수하도록 고쳐야 한다.

미렴 : 쌀로 징수함.
전렴 : 돈으로 징수함.

米斂不如錢斂 其本米斂者 宜改之爲錢斂.

▶ 교묘하게 명목을 설정해서 수령의 주머니로 들어가는 것은 덜어 없애고, 모든 조목을 낱낱이 검토하여 지나친 것과 거짓된 것을 삭제하여 백성들의 조세를 가볍게 해 주어야 한다.

其巧設名目 以歸官囊者 悉行蠲減 乃就諸條 刪其濫僞 以輕民賦.

▶ 조관의 집에 요역을 면제하는 규정은 법전에 실려 있지 않지만 문명한 지방의 조관의 집에 대해서 삭감해 주지 말고, 먼 지방 조관의 집에 대해서는 수령의 직권으로 면제해야 한다.

조관 : 조정의 신하.
요역 : 노동력을 무상으로 수취하는 제도.

朝官之戶 蠲其徭役 不載法典 文明之地 勿蠲之 遐遠之地 權蠲之.

▶ 대체로 민고의 폐단을 개혁하지 않을 수 없다. 수령은 마땅히 관청에서 한 가지 좋은 방책을 생각하여 한 공전을 세워 이 민고의 요역을 방지하는 것이 좋을 것이다.

민고 : 관청의 비용을 충당하기 위해 거두는 세금.
공전 : 관청에서 관리하는 땅.

大抵民庫之弊 不可不革 宜於本邑 思一長策 建一公田 以防斯役.

▶ 민고의 지출 내역을 기록한 장부를 고을의 유생을 불러서 검사하게 하는 것은 예의가 아니다.

民庫下記之 招鄕儒査檢 非禮也.

▶ 고마법은 국가의 법전에는 없는 것이다. 이름 없는 부과로서 폐해가 없는 것은 전례를 좇지만 폐해가 있는 것은 폐지해야 한다.

고마 : 관아에서 빌려 쓰는 말.

雇馬之法 國典所無 其賦無名. 無弊者因之 有弊者罷之.

▶ 균역법의 시행 이후로 어업세 ` 염전세 ` 선박세가 모두 세율이 정해져 있는데 법이 오래되어 폐단이 많아 아전들이 농간을 부리고 있다.

균역법 : 세금의 부담을 줄이기 위한 납세제도.

均役以來 魚鹽船稅 皆有定率 法久弊生 吏緣爲奸.

▶ 배에는 등급이 많은데 도마다 각각 다르니 배를 점검할 때에는 오직 전부터의 관례를 따를 것이며, 세금을 받아들일 때에만 다만 중복으로 받는 일이 없나를 살펴야 한다.

船有多等 道各不同 點船唯循舊例 收稅但察疊徵.

▶ 어업세를 받는 곳은 모두 바다 가운데에 있는 것이니 자세히 살펴볼 수가 없다. 오직 정해진 액수에 이르기를 바랄 뿐이며 함부로 징수하는지 때때로 옆에서 살펴보아야 할 것이다.

漁稅之地 皆在海中 無以細察 唯期比總 時察橫徵.

▶ 염전세는 본래 가벼워서 백성에게 고통이 되지 않는 것이니 오직 정해진 액수와 비교하고 때로 함부로 징수하는 것이 없나를 살펴보아야 한다.

鹽稅本輕 不爲民病 唯期比總 時察橫斂.

▶ 본토의 선박이나 관선을 이용하는 생선장수, 소금장수, 김이나 미역장수로서 억울한 일이 있어도 호소할 곳이 없는 것은 바로 저세 그것이다.

저세 : 포구 세.

土船官船 魚商鹽商 苔藿之商 厥有深寃 無處告訴 邸稅是也.

▶ 장세, 관세, 진세, 점세와 승혜, 무녀포를 함부로 지나치게 징수하는 자를 살펴보아야 한다.

장세 : 시장세.
관세 : 관문을 통과하는 세.
진세 : 나루터를 지나는 세.
점세 : 여관세.
승혜 : 중이 바치는 신발.
무녀포 : 무당이 바치는 포목.

場稅 關稅 津稅 店稅 僧鞋 巫女布 其有濫徵者 察之.

▶ 백성의 노력을 필요로 하는 공사를 일으키는 일은 신중하게 아껴서 해야 한다. 백성에게 이익이 되는 일이 아니면 해서는 안 된다.

力役之政 在所愼惜 非所以爲民興利者 不可爲也.

▶ 명목도 없는 것으로써 한때 잘못된 전례에서

생긴 것은 마땅히 급히 폐지해야 하고 그대로 따라서는 안 된다.

其無名之物 出於一時之謬例者 亟宜革罷 不可因也.

▶ 혹은 조요곡과 보역전이 민간에 퍼져있는 경우에는 매양 그 지방 토호가 삼켜 버리는데, 조사해서 밝혀 낼 수 있는 것은 징수하고 추징할 수 없는 것은 백성들에게 요역을 덜어 주며 부족한 액수를 보충해 주어야 한다.

조요곡 보역전 : 요역이 있을 때 보조해 주는 돈이나 곡식.
요역 : 국가가 백성의 노동력을 무상으로 징발하는 제도.

或有助徭之穀 補役之錢 布在民間者 每爲豪戶所吞 其可查拔徵之 其不可追者 蠲而補之.

▶ 부세와 요역을 크게 균일하게 하고자 하면 반드시 호포법과 구전법을 강구해서 시행해야 민생이 안정될 수 있다.

호포 : 집집마다 징수하는 세금.
구전 : 인구수에 따라 부과하는 세금.

欲賦役之大均 必講行戶布口錢之法 民生乃安.

6. 권농(勸農)

농사를 힘써 권장한다.

▶ 농사라는 것은 백성에게 이로운 것이니 제 스스로 힘쓸 것이지만, 더할 수 없이 어리석은 것이 백성이다. 그러므로 옛 임금들은 농사를 권장하였다.

農者 民之利也. 民所自力 莫愚者民 先王權焉.

▶ 옛날의 어진 수령은 농사를 권장하는 일을 부지런히 하여 그것으로 명성과 치적으로 삼았다. 까닭에 농사와 누에치는 것을 일곱 가지 일의 우두머리가 되는 것이다.

古之賢牧 勤於勸農 以爲聲績 故農桑爲七事之首.

▶ 농사는 식생활의 근본이요, 뽕나무는 의생활의 근본이다. 때문에 백성에게 뽕나무를 심게 하는 것이 수령의 중요한 임무인 것이다.

農者食之本 桑者衣之本 故課民種桑 爲守令之要務.

▶ 재목을 심고 채소와 과수를 심으며, 육축을 번식시키는 것은 농사를 보조하는 일이다.

육축 : 소 · 말 · 개 · 돼지 · 닭 · 양

樹之材木 樹之菜果 字其六畜 所以輔農也.

▶ 농사를 권장하는 요긴한 방법은 또 부세를 가볍게 해 줌으로써 그 근본을 배양하는 것에 있으니 그리하면 땅이 개간되어 넓어질 것이다.

勸農之要 又在乎蠲稅薄征 以培其根 地於是墾闢矣.

▶ 총체적으로 말하면 농사를 권장하는 정사는 마땅히 먼저 직책을 주어야 한다. 직책을 나누어 주지 않고 여러 가지 직책을 뒤섞어서 권장하는 것은 선왕의 법이 아니다.

總之勸農之政 宜先授職 不分其職 雜勸諸業 非先王之法也.

▶ 대체로 권농하는 정책은 마땅히 농사를 여섯 가지 분과로 분류하여 각각 그 직책을 주고, 그 공적을 평가하여 상등급인 자는 높은 벼슬로 올려주어서 백성의 생업을 권장해야 할 것이다.

凡勸農之政 宜分六科 各授其職 各考其功 登其上第 以勸
民業

▶ 해마다 춘분날에는 여러 향촌에 통첩을 내려 제배를 일찍 한 것과 시기를 늦춘 것을 조사하여 상벌을 시행할 것을 약속한다.

每春分之日 下帖于諸鄕 約以農事早晚 考校賞罰

▶ 오직 뽕나무나 모시를 심는 밭은 마땅히 따로 관전을 설치하고 그 수입을 민고에 귀속시켜서 백성의 요부에 보조하게 하는 것이 좋을 것이다.

요부 : 백성의 노동력을 무상으로 징발하는 제도.

唯桑苧之田 宜別置官地 屬之民庫 以補民徭

▶ 권농의 정책은 곡식 농사만을 권장해서는 안 되고, 원예·목축·누에치기와 길쌈 같은 일도 권장하지 않으면 안 된다.

勸農之政 不唯稼穡是勸 樹藝畜牧蠶績之事 靡不勸矣.

▶ 농사는 소로 짓는 것이니 진심으로 농사를 권장하고자 한다면 마땅히 소의 도살을 금하고 목

축을 권장해야 한다.

農以牛作 誠欲勸農 宜戒屠殺 而勸畜牧.

예전육조(禮典六條)

예의와 학문 발전에 온 힘을 기울인다.

1. 제사(祭祀)

경건한 마음으로 제사를 지내고 미신을 쫓아낸다.

▶ 군과 현의 제사를 지내야 할 곳은 삼단과 일묘
가 있다. 그 제사 지내는 까닭을 알면 마음이 향
하는 데가 있을 것이고 마음이 향하는 데가 있으
면 재계하고 공경하게 될 것이다.

삼단 : 사직단. 여제단. 성황단.
일묘 : 공자를 모시는 사당.

郡縣之祀 三壇一廟 知其所祭 心乃有嚮 心有所嚮 乃齋乃
敬.

▶ 문묘의 제사는 수령이 마땅히 몸소 거행하여
경건하고 정성스러운 마음으로 목욕재계하고 여
러 선비들을 이끌어야 한다.

文廟之祭 牧宜躬行 虔誠齋沐 爲多士倡.

▶ 사당이 퇴락했거나, 제단이 무너졌거나 제복이
아름답지 않거나, 제기가 깨끗하지 못한 것이 있
으면 수령은 모두 수리하고 고쳐서, 신에게 부끄
러움이 없게 해야 한다.

廟宇有頹 壇壝有毁 祭服不美 祭器不潔 竝宜修葺 無爲神
羞.

▶ 수령의 관내에 서원이 있어서 그 제사를 공식
으로 하사받은 자가 있으면 또한 마땅히 경건하
고 정결하게 받들게 하여 선비들의 기대에 실망
을 주지 말아야 한다.

境內有書院 公賜其祭者 亦須虔潔 無失士望.

▶ 수령의 관내에 사묘가 있으면 수령은 그것을
수리하고 관리하는 것을 또한 마땅히 전과 같이
해야 한다.

사묘 : 신주를 모셔 둔 곳.

其有祠廟在境內者 其修葺庀治 宜亦如之.

▶ 제물로 바치는 짐승은 야위거나 비루먹은 것
으로 해서는 안 되며, 나라의 큰 제사에 쓸 곡물
을 미리미리 비축되어 있어야 현명한 수령이라고
할 수 있다.

비루 : 피부가 헐고 떨이 빠지는 병.

牲不瘠癗 粢盛有儲 斯可曰賢牧也.

▶ 기우제는 하늘에 기원하는 제사이다. 지금의 기우제는 장난삼아 아무렇게나 하는 태도로 신을 모독하고 있으니 이는 예에 크게 어긋나는 것이다.

祈雨之祭 祈于天也 今之祈雨 戲慢褻瀆 大非禮也.

▶ 기우제의 제문은 마땅히 수령이 새로 지어야 한다. 혹 옛날의 것을 베껴서 쓰고 있으니 이는 예에 크게 어긋나는 것이다.

祈雨祭文 宜自新製 或用舊錄 大非禮也.

▶ 일식이나 월식 때 식량을 풍족하게 해 줄 것을 기원하는 예는 또한 장중하고 엄숙하게 해야 할 것이며, 감히 희롱삼아 아무렇게나 하는 일이 없어야 한다.

日食月食 其救食之禮 亦宜莊嚴 無敢戲慢

2. 빈객(賓客)

예의를 갖추어 손님을 접대한다.

▶ 손님을 맞아 접대하는 것은 오례 중 하나이니 그들을 대접하는 음식의 종류가 너무 많으면 재물을 낭비하고, 너무 적으면 환대의 예를 잃는다. 까닭에 옛날의 착한 임금이 중용에 알맞도록 예를 제정하여 후한 것은 지나치지 못하게 하고 박한 것도 더 감하지 못하게 했다. 그러니 그 예를 제정한 근본을 소급해서 생각지 않으면 안 된다.

오례 : 길례, 흉례, 빈례, 군례, 가례.

賓者 五禮之一 其餼牢諸品 已厚則傷財 已薄則失歡 先王爲之節中制禮 使厚者不得踰 薄者不得減 其制禮之本 不可以不遡也.

▶ 오늘날 감사가 각 고을을 순회하는 일은 천하의 큰 폐단이다. 이 폐단이 없어지지 않으면 부세와 요역은 번거롭고 무거워서 백성들이 다 괴롭게 될 것이다.

今監司巡歷 天下之巨弊也 此弊不革 則賦役煩重 民盡劉矣.

▶ 내찬을 제공하는 것은 손님에 대한 예의가 아니니 그 실상은 있더라도 그 명분은 없게 하는 것이 또한 마땅할 것이다.

내찬 : 내아(內衙)에서 차린 음식.

內饌非所以禮賓 有其實而無其名 抑所宜也.

▶ 감사의 음식과 잠자리의 법식은 모두 선조들의 훈계가 있어 나라의 역사에 실려 있으니 의당 각별히 준수하여 손상하지 말아야 한다.

監司廚傳之式 厥有祖訓 載在國乘 義當恪遵 不可毁也.

▶ 일체 빈객의 대접은 마땅히 예전의 의례에 따라서 엄중하게 그 법식을 정해야 한다. 법이 비록 서지 않더라도 예는 마땅히 항상 강구해야 할 것이다.

一應賓客之饗 宜遵古禮 嚴定厥式 法雖不立 禮宜常講.

▶ 옛날의 현명한 수령은 상관을 접대하는 데에 감히 예법을 넘지 않았다. 향기롭고 아름다운 사적이 있어서 책에 널리 실려 있다.

古之賢牧 其接待上官 不敢踰禮 咸有芳徽 布在方冊.

▶ 비록 상관이 아니더라도 임금의 사명을 받아 자기 고을을 지나가는 모든 사신에게는 마땅히 경의를 표해야 하며, 그가 무리한 요구를 해 오는 것은 받아 주지 말고 다른 것들은 마땅히 정성껏 공손하게 대해야 한다.

雖非上官 凡使星之時過者 法當致敬 其橫者勿受 餘宜恪恭.

▶ 옛 사람은 내시가 지나갈 때에도 오히려 의리로 내세웠거니와 심한 경우에는 임금이 지나갈 때에도 감히 백성을 학대하면서까지 잘 보이기 위해 아첨하지는 않았다.

내시 : 궁중에서 일하는 관원.

古人 於內侍所過 猶或抗義 甚者 車駕所經 猶不敢虐民 以求媚

3. 교민(教民)

백성을 일깨워서 좋은 풍속을 권장하고 실행하게 한다.

▶ 수령의 직책은 백성을 가르치는 일뿐이다. 백성의 소득을 고르게 하는 것은 장차 백성을 가르치기 위해 하는 것이고, 백성의 부역을 고르게 하는 것은 장차 백성을 가르치기 위해 하는 것이다. 관청을 만들고 수령을 두는 것은 장차 백성을 가르치기 위해 하는 것이고 벌을 분명히 하고 법을 제정하는 것은 장차 백성을 가르치기 위해 하는 일이다. 모든 정사가 닦이지 않아 교화를 일으킬 겨를이 없었으니 이것이 백 세 동안 좋은 정치가 이루어지지 않은 까닭이다.

民牧之職 教民而已 均其田産 將以教也 平其賦役 將以教也 設官置牧 將以教也 明罰飭法 將以教也. 諸政不修 未遑興教 此百世之所以無善治也.

▶ 가르치지 않고 형벌을 주는 것은 백성을 속이는 일이라고 했다. 말다툼과 소송을 좋아하면서 부끄러움을 모르는 자가 있을지라도 우선 가르칠 것이지, 갑자기 형벌을 주어서는 안 된다.

不教而刑 謂之罔民 其有鬪訟 不知羞恥者 姑惟教之 不可

遞刑.

▶ 먼 시골과 떨어진 변방은 임금의 교화에서 멀다. 그들에게 예속을 권하여 행하게 하는 일도 또한 수령이 먼저 해야 할 임무인 것이다.

예속 : 예의범절에 대한 풍속.

遐陬絶徼 遠於王化 勸行禮俗 亦民牧之先務也.

▶ 백성들에게 반을 편성하여 향약을 실행하게 하는 것도 또한 옛날의 향당주족이 남긴 뜻이 될 것이다. 위신과 은혜가 이미 흡족하게 된 뒤라면 힘써서 실행하는 것이 좋을 것이다.

향약 : 향촌사회의 자치규약.
향당주족 : 옛날 백성들을 조직한 조직의 명칭.

束民爲俉 以行鄕約 亦古鄕黨州族之遺意 威惠旣洽 勉而行之可也.

▶ 선인들의 말과 행실을 백성에게 권장하고 타일러서 귀와 눈에 익히게 하는 것 또한 백성들을 교화하고 선도하는데 도움이 될 것이다.

前言往行 勸諭下民 使之習慣於耳目 亦或有助於化導.

▶ 효자 열녀와 충신 절사가 있을 때에는 그 드러나지 않은 덕을 밝혀 드러내어 여러 사람에게 알리는 것 또한 수령의 직책이다.

절사 : 절개를 지키는 선비.

孝子烈女 忠臣節士 闡發幽光 以圖旌表 亦民牧之職也.

▶ 과격한 행동과 편협한 도리는 그것을 숭상하고 장려하여 폐단을 남기는 길을 열어서는 안 된다 그 뜻은 정밀한 것이다.

若夫矯激之行 偏狹之義 不宜崇奬 以啓流弊 其義精也.

4. 흥학(興學)

학문과 교육을 진흥시킨다.

▶ 옛날의 학교에서는 예(禮)를 익히고 악(樂)을 익혔는데, 지금은 예가 무너지고 악이 무너져 내

려, 학교에서 가르치는 것이란 독서에 그칠 뿐이다.

古之所謂學校者 習禮焉 習樂焉 今禮壞樂崩 學敎之敎 讀書而已.

▶ 문학이라는 것은 소학에서 가르치는 것이다. 그러니 후세의 소위 흥학이라는 것은 소학을 하는 것과 같은 것이다.

文學者 小學之敎也. 然則 後世之所謂興學者 其猶爲小學乎.

▶ 학교라는 것은 스승에게서 배우는 곳이다. 스승이 있는 뒤라야 학교가 있는 것이다. 오랫동안 덕을 닦은 사람을 초빙하여 스승을 삼은 뒤라야 학교의 교육의 방법을 의론할 수 있을 것이다.

學者 學於師也. 有師而後 有學 招延宿德 使爲師長然後 學規乃可議也.

▶ 학교의 건물을 수리하고 학생에게 먹일 곡식을 잘 관리하며, 널리 서적을 비치하는 일도 또한 현명한 수령이 유의해야 할 일이다.

修葺堂廡 照菅米廩 廣置書籍 亦賢牧之所致意也.

▶ 행실이 단아하고 방정한 사람을 골라 뽑아서 재장이 되게 하여 사표로 삼고 예로써 대우하여 부끄러움을 아는 마음을 기르게 한다.

재장 : 서재의 장.

簡選端方 使爲齋長 以作表率 待之以禮 養其廉恥.

▶ 늦가을에는 양로의 예를 거행하여 늙은이를 늙은이로 섬기는 도리를 가르치고, 첫가을에는 향음지례를 거행하여 어른을 어른으로 대우하는 도리를 가르치며, 이른 봄에는 향고지례를 거행하여 고아를 불쌍히 여기는 일을 가르친다.

향음지례 : 고을 유생을 모아서 술잔치를 베푸는 예법.
향고지례 : 고아들에게 음식을 줌.

季秋行養老之禮 敎以老老 孟冬行鄕飮之禮 敎以長長 仲春行饗孤之禮 敎以恤孤

▶ 때 맞추어 향사의 예를 행하고 때 맞추어 투호의 예를 행한다.

향사지례 : 고을의 선비를 모아 활을 쏘는 것.
투호지례 : 화살을 병 속에 던져 넣어 승부를 가리는 놀이.

以時行鄕射之禮 以時行投壺之禮.

5. 변등(辨等)

신분의 등급을 구분하여 각자의 본분을 지킨다.

▶ 사람의 등위를 구분하는 것은 백성을 편안하게 하고 뜻을 안정시키는 요긴한 일이다. 등급에 따른 위엄이 분명하지 않고 지위와 계급이 문란하면 백성이 흐트러지고 기강이 없어질 것이다.

辨等者 安民定志之要義也 等威不明 位級以亂 則民散而無紀矣.

▶ 씨족에 귀천이 있는 것이니, 마땅히 그 등급을 구분해야 할 것이고, 세력에는 강약이 있으니 마땅히 그 정상을 살펴야 할 것이다. 이 두 가지는 어느 한쪽도 하지 않아서는 안 된다.

族有貴賤 宜辨其等 勢有强弱 宜察其情 二者 不可以偏廢也.

▶ 대체로 등급을 구분하는 정책은 오직 천한 백성만을 징계할 뿐 아니라 중인이 윗사람을 침범하는 것도 또한 징계해야 할 것이다.

凡辨等之政 不唯小民是懲 中之犯上 亦可惡也.

▶ 가옥과 수레와 의복과 기물로서 분수에 넘게 사치스러움이 규정을 넘는 것은 마땅히 모두 엄금해야 할 것이다.

宮室車乘衣服器用 其僭侈喩制者 悉宜嚴禁.

▶ 귀족들이 이미 쇠잔하고 비천한 무리들끼리 서로 귀족을 모함하니 관아의 수령이 잘 살펴 다스려도 그 실상을 놓치는 경우가 많은데 또한 오늘날의 폐단이다.

貴族旣殘 賤流交誣 官長按治 多失其實 斯又今日之俗弊也.

6. 과예(課藝)

과거공부를 권한다.

▶ 과거 시험의 공부는 사람의 마음 쓰는 법을 무너뜨리지만, 그러나 사람을 뽑아 쓰는 법을 고치지 않는 한, 이것을 익히는 일을 권장하지 않을 수 없다. 이것을 과예라고 한다.

科擧之學 壞人心術 然選擧之法未改 不得不勸其肄習 此之謂課藝.

▶ 과예에도 또한 마땅히 뽑는 사람의 정원이 있어야 할 것이다. 먼저 천거하고 선발하며, 시험을 치러 합격자를 편성해야만 이를 과예해야 할 수 있는 것이다.

課藝 宜亦有額 旣擧旣選 乃試乃編 於是乎課之也.

▶ 근세 이래로 문체가 비루하고 격이 낮으며 글귀를 만드는 법이 박하고 어긋나며, 편을 구성하는 법이 짧고 작아졌으니 이는 바로잡지 않을 수 없다.

近世以來 文體卑下 句法澆悖 篇法短促 不可以不正也.

▶ 어린 초학도들 중에서 총명하고 기억력이 썩
좋은 아이들을 가려 뽑아서 가르치고 깨우쳐야
한다.

童蒙之聰明强記者 別行抄選 敎之誨之.

▶ 과예를 부지런히 하여 과거에 급제하는 자가
잇따라 나와서 드디어 문명한 고을이 된다면 수
령된 자의 더할 수 없는 영광이 될 것이다.

課藝旣勤 科甲相續 遂爲文明之鄕 亦民牧之至榮也.

병전육조(兵典六條)

병역을 충실히 수행하여 국방을 다진다.

1. 첨정(簽丁)

병역의 부정을 없앤다.

▶ 병적을 작성하여 군포를 받아들이는 법은 양연에게서 시작되어 오늘에 이르렀다. 그 여파가 워낙 크고 넓게 흘러 퍼져서 백성의 뼈와 살을 깎는 병폐가 되었다. 이 법을 고치지 않으면 백성은 모두 죽음의 위기에 서게 될 것이다.

군포 : 병역 면제로 헌납하는 삼베나 무명.
양연 : 조선조 중종 때의 문신. 군적 수포 법을 시행하게 함.

簽丁收布之法 始於梁淵 至于今日 流波浩漫 爲生民切骨
之病 此法不改 而民盡劉矣.

▶ 대니 오니하고 군의 편대를 일컫는 것은 이름뿐이라고 쌀을 받고 포목을 걷는 것이 실체의 목적이다. 실체의 목적이 백성의 것을 거두는 데 있는데, 이름은 또 지어 무엇 하겠는가. 이름을 장차 따지려고 하면 백성이 그 해독을 받게 된다. 까닭에 군정을 잘 다스리는 수령은 다스리지 않고, 첨정을 잘하는 자는 첨정을 하지 않는다. 허위를 조사하고 죽은 것을 밝히며 결원을 보충하고 대신할 자를 요구하는 것은 아전들에게 사리(私利)가 될 것뿐이다. 어진 수령은 이런 일은 하

133

지 않는다.

隊伍名也 米布實也. 實之旣收 名又奚詰. 名之將詰 民受其
毒 故善修軍者 不修 善簽丁者 不簽 査虛覈故 補闕責代者
吏之利也 良牧不爲也.

▶ 부득불 그 중에 한두 명 병적을 보충하지 않을
수 없는 것이 있을 상황에는 반드시 부유한 민호
로서 군첨에 빠진 자를 찾아내어 역전을 보충하
게 하고, 그것으로 실제의 군인을 고용하도록 할
것이다.

군첨 : 군적에 이름을 올림.
역전 : 병역 의무자에 한하여 경작하는 공전.

其有一二不得不簽補者 宜執饒戶 使補役田 以雇實軍.

▶ 군역에서 한 사람의 병역을 근거로 하여 대여
섯 명을 첨정하여 두고 쌀과 포목을 탈취하여 아
전의 주머니에 들어가는 것이 있다. 수령은 이것
을 살피지 않아서는 안 된다.

軍役一根 簽至五六 咸收米布 以歸吏囊 斯不可不察也.

▶ 군안과 군 관계의 장부는 모두 정당에 보관하

여 자물쇠를 엄중히 잠가두고 아전의 손에 들어
가지 않게 해야 한다.

군안 : 군인의 거주지 · 성명 · 신분을 기록한 장부.

軍案軍簿 竝置政堂 嚴其鎖鑰 無納吏手.

▶ 수령의 위엄과 은혜가 이미 두루 미쳐, 아전은
두려워하고 백성들이 은혜를 사모하게 되면 척적
을 비로소 수정할 수 있을 것이다.

척적 : 호적이나 군적.

威惠旣洽 吏畏民懷 尺籍乃可修也.

▶ 척적을 고치고자 하면 우선 계방을 깨뜨려야
한다. 그리고 서원, 역촌, 토호, 대묘 등 모든 병역
을 기피하는 집단을 샅샅이 뒤지지 않으면 안 된
다.

계방 : 군역 · 잡역을 면제 받기 위해 불법행위를 하는 집단.
서원 : 사설 교육기관인 동시에 향촌 자치기구.
토호 : 향촌에 토착화한 지방 세력.

欲修尺籍 先破契房 而書院驛村 豪戶大墓 諸凡逃役之藪
不可不査括也.

▶ 군포를 거두는 날에는 수령이 반드시 친히 받아야 한다. 아래 아전들에게 맡기면 사리사욕을 채우기 때문에 백성의 부담이 배는 더할 것이다.

收布之日 牧宜親受 委之下吏 民費以倍.

▶ 족보를 위조하고 직첩을 훔쳐 사가지고 군첩을 면하려고 계획하는 자는 징계하지 않으면 안 된다.

직첩 : 관직을 증명하는 첩지.
군첩 : 군적에 이름을 올림.

僞造族譜 盜買職牒 圖免軍簽者 不可以不懲也.

▶ 상번군을 뽑아서 서울로 보내는 것은 온 마을의 큰 폐단이니 이를 깊이 있고 엄중하게 살펴서 백성의 피해가 없게 해야 한다.

상번군 : 지방에서 차례가 되어 서울로 올라가던 번병.

上番軍裝送者 一邑之巨弊也 十分嚴禁 乃無民害.

2. 연졸(練卒)

병사의 훈련이 중요하다.

▶ 오직 깃발과 북만으로 호령하여 나아가고 멈추고 흩어지고 모이는 법을 연습시키되 상세히 익히는 것은 군졸들만을 가르치려는 것이 아니요, 아관과 군교들을 규례에 익숙하게 하고자 함이다.

아관 : 군부에 속한 벼슬아치.
군교 : 군대의 장교.

  惟其旗鼓號令 進止分合之法 宜練習詳熟 非欲敎卒 要使
衙官列校 習於規例.

▶ 아전과 관노의 훈련은 가장 필요한 일이다. 훈련에 들어가기 3일 전에 미리 연습해야 할 것이다.

  吏奴之練 最爲要務 前期三日 宜預習之.

▶ 만일 풍년이 들어 군기가 해이할 때는 조정에서 정지하라는 명령만 없으면 수령은 매일 연습 조련을 시행해야 하며, 검열을 하여 대오의 인원

을 보충하고 장비를 갖추는 일에 힘쓰지 않으면
안 된다.

若年豊備弛 朝令無停 以行習操 則其充伍飾裝 不得不致
力.

▶ 군영 내에서 돈을 걷어 들이는 일은 군율이 지
극히 엄중하다. 사사로운 훈련이나 공식 훈련 때
에 이러한 폐단이 없도록 수령은 잘 살펴야 한다.

軍中收斂 軍律至嚴 私練公操 宜察是弊.

▶ 수군을 산간 지대의 고을에 배치하는 것은 본
래 잘못된 법이다.

水軍之置於山郡 本是謬法.

▶ 수군의 조련은 법령이 세워져 있으니 마땅히
수군 훈련의 과정과 방식을 취하여 실습을 통하
여 익히고 빠뜨리는 사항이 없게 해야 한다.

水操有令 宜取水操程式 逐日肄習 俾無闕事.

3. 수병(修兵)

병기를 항상 정비한다.

▶ 병(兵)이라는 것은 병기(兵器)이다. 병기는 백 년을 쓰지 않아도 좋다. 그러나 하루라도 정비하지 않아서는 안 된다. 병기를 수리하는 일은 수령의 직책인 것이다.

　兵者 兵器也. 兵可百年不用 不可一日無備 修兵者 土臣之職也.

▶ 화살을 나누어 주는 것과 매달 화약을 나누어 주는 것은 마땅히 법의 취지를 생각하여 그 출납을 조심해야 할 것이다.

　箭竹之移頒者 月課火藥之分送者 宜思法意 謹其出納.

▶ 만약 조정의 명령이 엄중하면 때때로 병기를 수리하고 보충하고 채워 넣지 않을 수 없을 것이다.

　若朝令申嚴 以時修補 末可已也.

4. 권무(勸武)

무예를 권장한다.

▶ 우리나라의 풍속은 부드럽고 점잖아서 무예를 좋아하지 않고 단순히 그 기술을 익히는 것은 활 쏘기뿐이다. 요즈음은 그것도 또한 익히지 않으니 무예를 권장하는 것이 오늘의 급선무이다.

東俗柔謹 不喜武技 所習惟射 今亦不習 勸武者 今日之急務也.

▶ 수령으로서 오래 근무하는 경우에는 혹은 6년에 이르기도 한다. 이와 같은 점을 헤아려 무예를 권장한다면 백성들도 따를 것이다.

牧之久任者 州或至六朞 憺能如是者 勸之而民勸矣.

▶ 강력한 쇠뇌를 장치하고 쏘는 방법을 익혀 두지 않으면 안 된다.

쇠뇌 : 기계 장치로 발사하는 활.

强弩之張設發放 不可不習.

5. 응변(應變)

유사시 변란에 대비한다.

▶ 수령은 병부를 차고 있는 관원이다. 비밀스러운 일 중에는 예상치 못했던 변란도 많으니 변란에 대응하는 방법을 미리 강구해야 한다.

守令 乃佩符之官 機事多不虞之變 應變之法 不可不預講.

▶ 유언비어가 발생하는 것은 사실 무근에서 저절로 발생하기도 하고, 또는 어떤 근거가 있어서 발생하는 일도 있는 것이니, 수령이 여기에 대처하는 자세는 때로는 조용히 진압하기도 하고, 때로는 묵묵히 그 동향을 살피기도 하는 것이다.

訛言之作 或無根而自起 或有機而將發 牧之應之也 或靜而鎭之 或默而察之.

▶ 무릇 괘서와 투서 따위는 때로는 태워서 없애버리고, 때로는 은밀히 조사하여 살펴야 한다.

괘서 : 이름을 숨긴 게시문.
투서 : 어떤 사실의 내막을 알리기 위하여 글을 써서 알림.

凡掛書 投書者 或焚而滅之 或默而察之.

▶ 강도나 유적이 불을 지르고 집을 파괴하는 일
이 있을지라도 마땅히 경솔하게 행동하지 말고
침착하게 그 귀추를 따져보고 그 변고에 대처해
야 할 것이다.

유적 : 떠돌아다니면서 노략질하는 도둑.

或有强盜流賊 放火打家 宜勿驚動 靜思歸趨 以應其變.

▶ 혹 지방 풍속이 어질지 못하고 악독해서 관장
을 살해하려는 계략을 하는 자가 있으면 잡아서
죽이거나, 혹은 조용히 진압하되 그 낌새를 밝혀
간악함을 근절해야 하며, 동요해서는 안 된다.

或土俗擴悍 謀殺官長 或執而誅之 或執而鎭之 炳幾折奸
不可膠也.

▶ 강도와 유적들이 서로 모여서 변란을 일으킬
때에는 혹은 타일러서 항복시키거나 혹은 계략을
써서 사로잡아야 한다.

强盜流賊 相聚爲亂 或諭以降之 或計以擒之.

▶ 지방의 도둑이 평정된 후에 인심이 저절로 죄에 걸릴 것을 의심하고 두려워하거든 수령은 마땅히 정성을 다하고 믿음을 보여서 백성의 불안해하는 마음을 안정시켜야 한다.

土賊旣平 人心疑懼 宜推誠示信 以安反側.

6. 어구(禦寇)

적의 침입을 방어한다.

▶ 변란을 당하면 수령은 당연히 맡은 땅을 지켜야 한다. 그가 방어하는 책임은 장수와 같은 것이다.

値有寇難 守土之臣 宜守疆域 其防禦之責 與將臣同.

▶ 병법에 이르기를 "허하면서 실한 것처럼 보이고, 실하면서 허한 것처럼 보이라" 했다. 이것이 적을 방어하는 사람이 반드시 알아 두어야 할 일

이다.

兵法曰 虛而示之實 實而示之虛 此又守禦者 所宜知也.

▶ 수비만 하고 공격하지 않아서 적으로 하여금 지역을 지나가게 한다면 이것은 적을 임금에게 보내는 것이다. 추격하는 것을 어찌 그만둘 수 있겠는가.

守而不攻 使賊過境 是以賊而遺君也 追擊庸得已乎.

▶ 높은 충성과 장한 절개로 사졸을 격려하여 조그만 공이나마 세우는 것이 최상의 도리이고, 형세가 궁하고 힘이 다하도록 싸우다가 전사하여 삼강오륜의 떳떳함을 세우는 것도 또한 분수에 맞는 일이다.

삼강오륜 : 유교의 도덕사상에 기본이 되는 3가지의 강령과 5가지의 인륜.

危忠凜節 激勵士卒 以樹尺寸之功 上也 勢窮力盡 繼之以 死 以扶三五之常 亦分也.

▶ 임금의 행차가 피난길에 오르면 지방을 지키는 수령이 그 지방의 음식을 올려 그 충성을 나타내는 것도 또한 직분에 떳떳한 일이다.

乘與播越 守土之臣 進其土膳 表厥忠愛 亦職分之常也.

▶ 전쟁이 미치지 않은 곳에서는 백성을 위무하여 안정시키고, 물자의 생산에 힘쓰며 농사를 권장하여 군비를 넉넉하게 하는 것도 또한 지방을 지키는 수령의 직책이다.

兵所不及 撫綏百姓 務材訓農 以贍軍賦 亦守土之職也.

형전육조(形典六條)

오로지 마음을 다하여 재판을 올바르게 한다.

1. 청송(聽訟)

성의를 다해 백성들의 소송을 심사한다.

▶ 송사를 들어 판단하는 근본은 성의에 있고 성의의 근본은 홀로 있을 때 조심하는 데에 있다.

聽訟之本 在於誠意 誠意之本 在於愼獨.

▶ 송사를 듣고 그것을 판단하여 처리하는 것을 물이 흐르듯 쉽게 해내는 것은 천부적 타고난 재능이 있어야 된다. 그러나 그러한 방법은 위험하다. 송사를 처리하는 데는 반드시 사람의 마음을 여지없이 밝혀내야 한다. 그런 이유로 소송이 간소해지기를 바라는 자는 그 판단하는 것이 반드시 더디다. 그것은 한 번 판결하면 다시 송사가 일어나지 않게 하기 때문이다. 그리고 송사를 처리하는 마음가짐은 오직 공정하게 할 뿐이다. 공정은 사리가 분명한 판단을 낳는다.

聽訟如流 由天才也 其道危 聽訟必核 盡人心也 其法實 故欲詞訟簡者 其斷必遲 爲一斷而不復起也. 若夫處心 惟公而已 公生明.

▶ 막히고 가려져 통하지 못하면 백성의 심정은 답답해지는 것이니, 찾아와 호소하는 백성으로 하여금 관청을 부모의 집에 들어오는 것처럼 하게 한다면 이것이 어진 수령인 것이다.

壅蔽不達 民情以鬱 使赴愬之民 如入父母之家 斯良牧也.

▶ 한 마디 말로 옥사를 판단하여 결정하기를 귀신같이 하는 자는 따로 천부적 천재이니 일반 사람은 본받을 것이 못 된다.

片言折獄 剖決如神者 別有天才 非凡人之所宜傚也.

▶ 인륜에 대한 소송으로서 오륜에 관계되는 것은 마땅히 확실하게 가려야 하고 골육상쟁으로 풍속과 교화에 관계되는 것은 마땅히 엄중하게 징계해야 한다.

골육상쟁 : 가까운 혈족끼리 서로 싸움.

人倫之訟 係關天常者 辦之宜明 骨肉相爭 係關風化者 懲之宜嚴.

▶ 농토에 대한 소송은 백성들의 재산에 관계되는 것이니 한결같이 공정하게 해야만 백성들이 이에 승복할 것이다.

田地之訟 民産所係 一循公正 民斯服矣.

▶ 재물이나 비단에 관한 송사로서 증빙할 문서가 없는 경우라도 그 사실과 허위를 잘 살펴보면 실상은 감춰질 수 없다.

財帛之訟 券契無憑 察其情僞 物無遁矣.

▶ 마음을 비워 사물을 밝게 비추고, 어진 마음이 하찮은 짐승들에까지 미치면 기이한 소문이 퍼져나가 마침내 빛나는 명성이 두루 미칠 것이다.

虛明照物 仁及微禽 異聞遂播 華聲以達.

▶ 증거 문서나 계약서 같은 것이 전혀 없어서 증빙할 것이 없는 경우라도 그 정황에서 거짓을 찾아내면 사실이 숨겨질 수 없을 것이다. 풍화를 바로잡고 숨겨진 간사함을 적발하는 것은 모두 지성에서 되는 일이다. 또한 허명한 마음은 반드시 사건의 단서를 찾아낼 수 있을 것이다.

풍화 : 교육이나 정치의 힘으로 풍습을 잘 교화하는 것.

詞證俱絶 券契無憑者 察其情僞 物無遁矣 正其風化 發其隱慝 咸由至誠 虛明照物 不可以言傳也

▶ 우리나라 법전의 조문에는 일정하게 단정한 법령이 없어서 좌가 옳다 거니 우가 옳다 거니 하여 오직 관에서 하고 싶은 대로 하기 때문에 백성의 마음이 안정되지 못하고 분쟁하는 소송이 많이 일어나는 것이다.

國典所載 亦無一截之法 可左可右 惟官所欲 民志不定 爭訟以繁.

▶ 탐욕과 미혹이 이미 너무 깊어서 서로 강탈하는 일이 이어지므로 그 소송을 판단하여 처리하기는 다른 소송보다 배나 어렵다.

貪惑旣深 攘奪相續 聽理之難 倍於他訟.

▶ 노비에 관한 송사는 법전에 실린 것이 너무 번잡하고 자세하고 조문이 많아 그것에 의거할 수 없으니 인정을 참작할 것이며 법조문에 구애되어서는 안 된다.

奴婢之訟 法典所載 繁瑣多文 不可據依 參酌人情 不可拘也.

▶ 빚을 받는 소송은 마땅히 공평해야 한다. 또는 사납게 하여 빚을 재촉하도록 하고, 또는 자애를

베풀어서 빚을 줄여 주도록 하여 어느 한 가지 방법에만 고정 되서는 안 된다.

徵債之訟 宜有權衡 或尙猛以督債 或施慈以已債 不可膠也.

▶ 송사의 판결의 근본은 오로지 권계에 있는데 숨겨진 간계를 적발해 내고 은닉된 것을 밝혀내는 것은 오직 현명한 사람만이 할 수 있다.

권계 : 어음 따위의 각종 문서.
간계 : 간사한 꾀.

決訟之本 全在券契 發其幽奸 昭其隱匿 唯明者 能之.

2. 단옥(斷獄)

죄인을 신중하게 처리한다.

▶ 중요하고 큰 범죄를 판결하는 요점은 밝고 신중하게 하는 것뿐이다. 사람이 죽고 사는 것이 내

가 한번 살피는 데에 달렸으니 어찌 밝게 살피지 않을 수 있겠는가. 사람이 죽고 사는 것이 내가 한번 생각하는 데에 달렸으니, 어찌 신중히 생각 하지 않겠는가.

斷獄之要 明愼而已. 人之死生 係我一察 可不明乎 人之死 生 係我一念 可不愼乎.

▶ 혹독한 관리로서 형벌 주기를 좋아한 자로 역 사와 전기에 실려 있는 자를 보면 자신도 극형을 받은 경우가 많으며, 혹은 자손도 창성하지 못했 다.

酷吏尙刑 其在史傳者 多身被極刑 或子孫不昌.

▶ 의심이 가는 옥사는 밝혀내기 어려우므로 평 번에 힘쓰는 것이 천하의 착한 일이요 덕의 바탕 이다.

평번 : 되풀이 심문하여 죄를 공평히 함.

疑獄難明 平反爲務 天下之善事也 德之基也.

▶ 착각을 하여 그릇된 판결을 내린 후 그것이 잘 못 되었음을 깨달았으면 감히 자신의 실수를 어 물어물 넘기지 않는 것 또한 군자의 행실이다.

錯念誤決 旣覺其非 不敢文過 亦君子之行也.

▶ 옥사가 일어나면 아전과 군교들이 횡포를 부려서 집을 파괴하고 겁탈하여 마을이 망하게 된다. 제일 먼저 염려해야 할 것은 이것이다. 부임한 처음에 마땅히 이런 일을 하지 않겠다는 마음의 약속이 있어야 한다.

獄之所起 吏校橫恣 打家劫舍 其村遂亡 首宜慮者此也. 上官之初 宜有約束.

▶ 살옥사건은 지극히 중요하고 큰 것이다. 죄인을 문초하는 곳에서 조사를 받을 때에는 원래 형구를 사용하지 않았는데, 오늘날의 수령들은 법례에 능통하지 못해서 함부로 형장을 사용하니 이는 크게 잘못된 일이다.

형장 : 죄인을 신문할 때 쓰는 몽둥이.

獄體至重 檢場取招 本無用刑之法 今之官長 不達法例 雜施刑杖 大非也.

▶ 검장(檢場)에서 취조가 여러 날 소요된 것을 하루에 이루어진 것처럼 기록하고 있으나 이것은 마땅히 고쳐야 할 일이다.

檢招彌日 錄之以同日 此宜改之法也.

▶ 남을 무고하여 형옥을 일으킨 자는 엄중히 죄를 다스리고 풀어주지 말아야 하며, 반좌지율에 비추어 벌금을 받거나 혹은 유형에 처해야 한다.

형옥 : 형벌과 옥사.
반좌지율 : 무고한 자에게 벌을 주는 법.

　誣告起獄者 嚴治勿赦 照反坐之律 以收罰金 或遂行遣.

▶ 어인, 관인을 위조했거나, 속여 찍은 자는, 그 정상과 범행의 정도를 살펴서 그 처벌의 경중을 결단해야 한다.

어인 : 임금의 도장.
관인 : 관청에서 사용하는 도장.

　御印官印 僞造僞榻者 察其情犯 斷其輕重.

3. 신형(愼刑)

신중하게 형벌을 내린다.

▶ 수령이 형벌을 집행하는 것은 마땅히 세 등급으로 나누어야 한다. 민사에는 상형의 형벌을 쓰고, 공사에는 중형의 형벌을 쓰고, 관사에는 하형의 형벌을 쓰고, 사사에는 형벌을 쓰지 말아야 한다.

민사 : 백성들에게 해를 끼치는 일.
공사 : 국가나 공공단체의 일.
관사 : 아전들의 법령을 위반하는 일.
사사 : 가정에서 일어나는 일.

牧之用刑 宜分三等 民事用上刑 公事用中刑 官事用下刑 私事無刑焉 可也.

▶ 매질을 행하는 군졸을 현장에서 직접 성내어 꾸짖어서는 안 된다. 평상시에 되풀이하여 엄중하게 언약하고 단속하는 한편, 일이 지나간 뒤에 그 죄과를 징계하여 다스리는 것을 반드시 실행한다면 소리를 높이거나 얼굴빛을 변하는 일이 없으며 때리는 것을 너그럽게 하고 사납게 하는 것을 수령의 뜻대로 할 수 있을 것이다.

執杖之卒 不可當場怒叱 平時約束申嚴 事過懲治必信 則不動聲色 而杖之寬猛唯意也.

▶ 수령이 행할 수 있는 형벌은 태 오십 대 이내를 자신의 재량으로 결정하는 데에 불과하다. 이것을 초과하면 모두 남용한 것이다.

守令所用之刑 不過苔五十自斷 自此以往 皆濫刑也.

▶ 백성을 바로잡는 데 있어서 형벌을 사용하는 것은 최하의 방법이다. 수령이 자기의 몸을 다스려 법을 받들고 신중한 태도로 처신하면 백성은 죄를 범하지 않을 것이니 형벌을 비록 폐지하더라도 좋을 것이다.

刑罰之於以正民 末也. 律己奉法 臨之以莊 則民不犯 刑罰 雖廢之 可也.

▶ 옛날의 어진 수령은 무슨 이유에서든 형벌을 너그럽게 했다. 그러한 사적들은 역사에 실려 있어서 아름답고 향기로운 자취가 찬연히 빛나고 있다.

古之仁牧 必緩刑罰 載之史冊 芳徽馥然.

▶ 일시적인 분노로 형장을 남용하는 것은 큰 죄이다. 역대의 선왕들께서 남기신 가르침은 중요한 책들 속에서도 빛나고 있다.

형장 : 형벌로 때리기 위해 사용되는 몽둥이.

一時之忿 濫施刑杖 大罪也. 列朝遺戒 光于簡冊.

▶ 부녀자는 중대한 죄를 지은 자가 아니면 매질하는 형벌을 행하지 못한다. 신장을 사용할 수 없으며 볼기를 치는 것은 더욱 안 되는 일이다.

신장 : 심문할 때 치는 매.

　婦女非有大罪 不宜決罰 訊杖不可 苔臀尤褻.

▶ 노인이나 어린이에게 고문을 가해서는 안 된다는 것은 법조문에 실려 있다.

　老幼之不拷訊 載於律文.

▶ 악형은 도적을 다스리는 것이니 일반 백성들에게 경솔하게 시행해서는 안 된다.

악형 : 모질고 잔인한 형벌에 처함.

　惡刑 所以治盜 不可輕施於平民也.

4. 휼수(恤囚)

죄수라도 필요 이상으로 가혹하게 다루지 않는다.

▶ 감옥이라는 곳은 죄지은 자를 벌하는 곳이며 이승의 지옥이다. 감옥에 갇힌 죄수의 어려움은 마땅히 살펴야 할 것이다.

獄者 陽界之鬼府也 獄囚之苦 仁人之所宜察也.

▶ 나무칼(枷)을 목에 씌우는 법은 후세에 생긴 것이고, 선왕의 법은 아니다.

나무칼 : 죄인의 목에 씌우던 형구,

枷之施項 出於後世 非先王之法也.

▶ 옥 안에서 토색질을 당하는 것은 남이 알지 못하는 원통한 일이다. 수령이 이 원통한 것을 살필 줄 안다면 밝다고 말할 수 있을 것이다.

토색질 : 옥안에서 벌이는 혹독한 형벌.

獄中討索 覆盆之寃也 能察此寃 可謂明矣.

▶ 질병의 고통이란 비록 좋은 집에서 편안히 거처할지라도 오히려 견딜 수 없는 것인데 하물며 감옥 속은 어떻겠는가.

疾痛之苦 雖安居燕寢 猶云不堪 況於犴狴之中乎.

▶ 감옥이란 곳은 의지할 이웃하나 없는 집이고, 죄수는 마음대로 다니지 못하는 사람이다. 한 번 감옥에서 추위에 얼고 굶주리게 되면 죽음만이 있을 뿐이다.

獄者 無隣之家也 囚者 不行之人也 一有凍餒 有死而已.

▶ 옥에 갇힌 죄수가 감옥에서 풀려 나가기를 기다리는 것은 긴 밤에 새벽을 기다리는 것과 같다. 옥에 갇힌 다섯 가지 고통 중에서 유체하는 것이 가장 고통스러운 것이다.

유체 : 옥에 오래 갇히어 머묾.

獄囚之待出 如長夜之待晨 五苦之中 留滯其最也.

▶ 감옥의 장벽을 허술하게 하여 중죄수를 탈주하는 일이 생기면 상사로부터 문책을 당하는 일도 또한 공무를 수행하는 수령으로서 근심할 일이다.

牆壁疎豁 重囚以逸 上司督過 亦奉公者之憂也.

▶ 설날이나 명절에는 죄수를 그들의 집으로 돌아가도록 가석방하라. 은혜와 믿음이 이미 정성스러우면 도망하는 일이 없을 것이다.

歲時佳節 許其還家 恩信旣孚 其無逃矣.

▶ 오래 된 죄수가 집을 떠나 있어서 자녀의 생산을 못해 대가 끊어지게 된 자에게는 수령이 그의 진심에서 나오는 소원을 들어서 자애와 은혜를 베풀어 주도록 하라.

久囚離家 生理遂絶者 體其情願 以施慈惠.

▶ 노약자가 대신 갇힌 경우에는 더욱 잘 살펴 긍휼히 여겨야 하거니와 부녀자들이 대신 갇히게 되는 경우에는 더욱 어렵게 생각하여 삼가야 한다.

긍휼 : 불쌍히 여겨 돌보아 줌.

老弱代囚 尙在矜恤 婦女代囚 尤宜難愼.

▶ 유배가 된 사람은 집을 떠나서 멀리 귀양 온

사람이니, 그 사정이 슬프고 가엾다. 집과 곡식을
주어 편안히 지내게 하는 것도 수령의 직책이다.

流配之人 離家遠謫 其情悲惻 館穀安挿 牧之責也.

5. 금포(禁暴)

세력있는 자들의 백성에게 난폭한 짓을 금한다.

▶ 횡포를 막고 난동을 금지하는 것은 백성을 편
안하게 하기 위한 것이다. 호강하고 부강한 자를
누르고, 귀족과 측근들을 두려워하지 않는 것 또
한 백성을 기르는 사람이 꾸준히 힘써야 할 일이
다.

禁暴止亂 所以安民 搏擊豪强 毋憚貴近 亦牧民之攸勉也.

▶ 권문세가에서 종들을 멋대로 풀어 주어 방자
하게 날뜀으로써 백성들에게 해를 입히는 것은

금해야 한다.

權門勢家 縱奴豪橫 以爲民害者 禁之.

▶ 금군이 임금의 총애에 의탁하여 횡포를 부리거나 내관이 제멋대로 방자한 짓을 할 때마다 갖가지 권세를 빙자하는 것은 모두 금해야 한다.

금군 : 궁중을 수비하고 임금을 호위하는 군사.

禁軍怙寵 內官橫姿 種種憑藉 皆可禁也.

▶ 지방의 호세한 사람이 위세를 부리는 것은 약한 백성에게 승냥이요, 호랑이다. 그 피해를 제거하고 양을 생존하게 하는 자를 수령이라 한다.

호세 : 크고 강한 세력.

土豪武斷 小民之豺虎也 去害存羊 斯謂之牧.

▶ 포악한 젊은이들이 자유분방하여 마음대로 협박을 하며 백성의 재물을 빼앗고 못살게 구는 행위는 마땅히 빨리 금지시켜야 한다. 그렇지 않으면 장차 난동을 일으킬 것이다.

惡少任俠 剽奪爲虐者 亟爲戢之 不戢 將爲亂矣.

▶ 시장에서 술주정을 하고 가게의 물건을 약탈하거나 자기보다 나이 많은 사람에게 술주정하며 욕지거리하는 것은 금해야 한다.

市場酗酒 掠取商貨 街巷酗酒 罵詈尊長者 禁之.

▶ 도박을 직업 삼아 노름판을 벌이고는 사람을 떼 지어 모이게 하는 것은 금해야 한다.

賭博爲業 開場群聚者 禁之.

▶ 족보를 위조한 것에 대해서는 그 주모자만을 벌주고 종범은 관대하게 처리한다.

종범 : 우두머리의 지시에 따라 죄를 범한 공범자.

族譜僞造者 罪其首謀 宥其從者.

6. 제해(除害)

백성들에게 피해가 되는 것을 없앤다.

▶ 백성을 위하여 위험하고 해로운 요소를 제거하는 것은 수령이 힘써 해야 한다. 첫째는 도둑이고, 둘째는 잡귀이고, 셋째는 호랑이와 늑대이다. 이 세 가지가 없어지면 백성의 근심은 없어질 것이다.

爲民除害 牧所務也 一曰盜賊 二曰鬼魅 三曰虎狼 三者息而民患除矣.

▶ 도둑이 생기는 까닭에는 세 가지 조건이 있으니 윗사람들은 행실이 바르고 밝지 못하며, 중간 사람들은 명령을 올바로 받들어 행하지 않으며, 아래 백성들은 법을 두려워하지 않는 것이 그것이다. 이 세 가지가 고쳐지지 않고서는 도적을 없애려 해도 없앨 수 없다.

盜所以作 厥有三繇 上不端表 中不奉令 下不畏法 雖欲無盜 不可得也.

▶ 수령은 은덕을 베풀고자 하는 임금의 뜻을 펴서 그들의 죄악을 용서해 주고, 지난날의 버릇을 버리고 스스로 새사람이 되어 각기 제 본업으로 돌아가게 하는 것이 상책이다.

宣上德意 赦其罪惡 棄舊自新 各還其業 上也.

▶ 지혜를 발휘하고 기틀을 만들어서 그윽하고 숨은 것을 적발하는 일은 그들을 사로잡을 것을 깊이 생각하는 데에 있다. 그렇게 하면 잡지 못하는 것이 없을 것이다.

運智設機 發其幽隱 在乎覃思以求獲 靡不得矣

▶ 흉년에는 젊은 사람들이 사나워지는데 좀도둑과 작은 도적을 크게 징계할 것이 못 된다.

凶年子弟多暴 草竊小盜 不足以大懲也.

▶ 무고로 부민을 도둑의 일당이라고 끌어넣는 것을, 수령이 그대로 믿고 그에게 호된 형벌을 베풀어 도둑에게는 원수를 갚게 하고 아전과 교졸에게는 재물을 빼앗게 만든다면, 그런 사람이야말로 어두운 수령이라 할 것이다.

부민 : 사림이 넉넉한 백성.

誣引富民 枉施虐刑 爲盜賊報仇 爲吏校征貨 是之謂昏牧也.

▶ 귀신이 변괴를 일으키는 것은 무당이 유도하는 것이다. 무당을 베어 죽이고 그 사당을 헐어 버리면 요사한 귀신이 의지한 곳이 없을 것이다.

鬼魅作變 巫導之也 誅其巫 毀其祠 妖無所憑也.

▶ 호랑이와 표범이 사람을 물어 가며 자주 소, 돼지를 해칠 때에는 틀과 쇠뇌와 함정 덫을 설치하여 잡아 그 근심을 없애야 한다.

虎豹嚙人 數害牛豕 設機弩穽獲 以絶其患.

공전육조(工典六條)

자연을 올바르게 가꾸고 다스린다.

1. 산림(山林)

산림을 잘 가꾸어야 한다.

▶ 산림이란 것은 나라의 세금이 나오는 곳이므로 옛 성군들은 이 산림 행정을 중대하게 여겼다.

山林者 邦賦之所出 山林之政 聖王重焉.

▶ 봉산에 소나무를 기르는 것은 엄중한 벌채 금지 법령이 있으니 수령은 반드시 삼가 지켜야 할 것이며, 거기에 아전들의 농간하는 폐단이 있으면 수령은 마땅히 자세히 살펴야 할 것이다.

봉산 : 나라에서 지정하여 벌채를 금지한 산.

封山養松 其有厲禁 宜謹守之 其有奸弊 宜細察之.

▶ 사유림의 사사로운 벌채에 대한 금지 조항은 봉산의 경우와 같다.

私養山之禁其私伐 與封山同.

▶ 황장목을 산에서 끌어 내리는 부역에 농간이

나 폐단이 있는지 수령은 잘 살펴야 할 것이다.

황장목 : 임금의 관을 만드는 데 쓰는 소나무.

黃腸曳木之役 其有奸弊者 察之.

▶ 식목 행정은 역시 보람 없는 있으나 마나 한 법일 뿐이다. 스스로 헤아려 보아서 오래도록 재임할 수 있는 경우에는 반드시 법전에 좇아 식목을 행해야 할 것이지만 빨리 바뀔 것을 안다면 헛된 수고를 하지 말아야 한다.

裁植之政 亦德法而已 量可久任 宜遵法典 知其速遞 無自勞矣.

▶ 산 고개와 좁은 산골 중에는 나무를 기르는 것을 엄히 금하는 곳이 있으니 삼가 지켜야 할 것이다.

嶺隘養木之地 其有屬禁 宜謹守之.

▶ 산허리에 경작을 금지하는 법은 마땅히 측량하여 정해야 하는 것이니 함부로 풀어 주어서도 안 되며, 원칙만을 굳게 지켜서도 안 된다.

山腰禁耕之法 宜有測定 不可縱弛 亦不可膠守也.

▶ 서북도의 인삼과 담비가죽의 세금은 으레 너그럽게 처리해야 한다. 혹 범금하는 사람이 있을 때에는 너그럽게 용서하는 방법에 좇아야 청렴한 관리라고 할 수 있을 것이다.

범금 : 법으로 금지되어 있는 것을 범함.

西北蔘貂之稅 宜從寬假 其或犯禁 宜從闊略 斯可曰淸吏也.

▶ 동남 지방에서 인삼을 공납하는 데 따르는 폐단은 해가 갈수록 더하고 달이 갈수록 늘어나니 수령은 마음을 다하여 깊게 살펴야 하며 과중하게 거두지 말아야 한다.

東南貢蔘之弊 歲加月增 盡心稽察 毋至重斂.

▶ 금·은·동·철은 오래 전부터 있어 온 점포는 그 농간질이나 부정을 살펴야 하고, 새로 채광하고자 하는 자에게는 제련을 금지시켜야 한다.

金銀銅鐵 舊有店者 察其奸惡 新爲礦者 禁其鼓冶.

2. 천택(川澤)

물을 잘 다스려야 한다.

▶ 냇물과 웅덩이는 농사를 지어 이익을 얻는 근본이므로 성왕들은 천택에 대한 행정을 소중히 여겼다.

천택 : 냇물과 웅덩이.

川澤者 農利之所本 川澤之政 聖王重焉.

▶ 냇물이 자기 고을을 지나가고 있으면 도랑을 파서 지나가는 물을 끌어다가 논에 물을 대고 백성과 아울러 공전을 만들어 백성의 세금 부담을 덜어주는 것이 정치를 잘하는 것이다.

공전 : 국가나 공공기관의 논밭.

川流逕縣 鑿渠引水 以漑以灌 與作公田 以補民役 政之善也.

▶ 만일 지세를 살펴보지 않고 함부로 물길을 뚫었다가 그 일이 성사되지 못하면 도리어 비웃음을 사고 만다.

若夫不度 妄鑿渠路 其事不集 反或貽笑.

▶ 작은 것을 지소라 하고 큰 것은 호택이라고 한다. 그것을 막은 것은 방죽 또는 제방이라고 한다. 이는 물을 절약하기 위한 것이다.

지소 : 못과 늪.
호택 : 호수와 큰 연못.

小曰池沼 大曰湖澤 其障曰陂 亦謂之堤 所以節水.

▶ 만일 바닷가에 방파제를 쌓아올린다면 안에 기름진 농토를 이룩할 수 있을 것이다. 이것을 바다의 둑(해언)이라 한다.

해언 : 바다 가까이에 쌓은 제방.

若瀕海捍澣 內作膏田 是名海堰.

▶ 토호와 귀족이 수리를 독점하여 자기네의 논에만 물을 대는 것을 엄금해야 한다.

土豪貴族 擅其水利 專漑其田者 嚴禁.

▶ 큰 강이나 바다를 낀 유역에서는 매년 물결에 휩쓸려 무너져서 백성들의 큰 근심거리니 제방을

만들어서 그들이 안심하고 살게 해야 한다.

江河之濱 連年衝決 爲民巨患者 作爲堤防 以安厥居.

▶ 뱃길이 닿는 곳이나 장사꾼과 나그네들이 모여드는 곳에 물이 범람하는 것을 소통하게 하고 그 제방을 견고하게 하는 것도 잘하는 일이다.

漕路所通 商旅所聚 疏其汎溢 固其堤防 亦善務也

▶ 못이나 늪에서 생산되는 물고기와 자라·연·목초·부들 등을 엄중히 지켜서 백성의 부담을 덜어주어야 하고 수령은 사리사욕 해서는 안 된다.

池澤所産 魚鼈蓮芡菱浦之屬 爲之厲守 以補民役 不可自取以養己

3. 선해(繕廨)

관청의 건물을 잘 수리한다.

▶ 관청의 건물이 쓰러지고 무너져서 위로는 비가 새고 옆으로는 바람이 들어오는데도 수리하지 않고 무너지게 방치해 두는 것은 또한 수령의 큰 허물이다.

廨宇頹圮 上雨旁風 莫之修繕 任其崩毁 亦民牧之大咎也.

▶ 누각이나 정자 등 여유롭게 조용히 즐길 만한 경관 또한 고을에 없어서는 안 되는 것이다.

樓亭閒燕之觀 亦城邑之所不能無者.

▶ 공사를 일으켰을 때에는 아전과 군교와 노예의 무리는 마땅히 부역에 나와야 하며 중(僧)의 무리를 모집하여 공사를 돕게 하는 일도 또한 한 방법일 것이다.

吏校奴隸之屬 宜令赴役 募僧助事 是亦一道.

▶ 목재를 모으고 기술자를 모집할 때에는 모두를 자세히 헤아려 생각해야 할 것이나 폐단이 생길 수 있는 소지부터 우선 막지 않을 수 없으며 노력과 비용이 덜 들도록 여러모로 생각하지 않아서는 안 된다.

鳩材募工 總有商量 弊竇 不可不先塞 勞費不可不思者.

▶ 관아의 청사가 이미 잘 다듬어졌으면 꽃을 재배하고 나무를 심는 것 또한 청아한 선비의 자취이다.

治廨旣善 栽花種樹 亦淸士之跡也.

4. 수성(修城)

성을 쌓고 보수하여 국방을 튼튼히 한다.

▶ 성을 수축하고 해자를 파서 국방을 굳게 하고 백성을 보호하는 일도 또한 수령의 직책이다.

해자 : 성 밑에 빙 둘러서 파는 못.

修城浚濠 固國保民 亦守土者職分也.

▶ 전란이 갑자기 발생하여 적이 닥쳤을 때 긴급
히 성을 쌓는 일은 반드시 지세를 살피고 백성의
형편에 맞도록 해야 한다.

兵興敵至 臨急築城者 宜度其地勢 順其民情.

▶ 성을 쌓을 때가 아닌데 성을 쌓는 것은 성을
쌓지 않는 것만 못하다. 반드시 농한기를 이용하
는 것이 옛날의 법이다.

城而不時 則如勿城 必以農隙 古之道也.

▶ 옛날에 축성이라고 한 것은 흙으로 쌓은 성이
었다. 변란을 당하여 적을 방어하는 데는 토성이
제일이다.

古之所謂築城者 土城也. 臨難禦寇 莫如土城.

▶ 성과 담장의 제도는 반드시 윤경의 보약에 따
를 것이며, 그 치첩과 망루의 체제는 더욱 개량해
야 할 것이다.

윤경의 보약 : 윤경이 저술한 성을 쌓는 기술.
치첩 : 성 위에 쌓은 성가퀴. 즉 낮은 담.

堡垣之制 宜遵尹耕堡約 其稚堞敵臺之制 宜益潤色.

▶ 평화로운 때 성과 성벽을 쌓아 여행자들의 관
망대로 삼으려하는 경우에는 마땅히 그 옛 법에
따라 돌로 보수하는 것이 좋은 것이다.

其在平時 修其城垣 以爲行旅之觀者 宜因其舊 補之以石.

5. 도로(道路)

길을 잘 닦는다.

▶ 도로를 수리하고 만들어서 행인으로 하여금
그 길을 이용할 마음이 일게 하는 것 또한 훌륭한
수령의 행정인 것이다.

修治道路 使行旅願出於其路 亦良牧之政也.

▶ 교량이란 사람들로 하여금 물을 건너게 하는 시설이다. 날씨가 추워지면 반드시 즉시 설치해야 한다.

橋梁者 濟人之具也 天氣旣寒 宜卽成之.

▶ 나루터에는 항상 배가 준비되어 있고 역정에 이정표가 있으면 또한 상인이나 나그네들이 즐거워할 것이다.

역정 : 역참에 마련된 정자.

津不闕舟 亭不缺堠 亦商旅之所樂也.

▶ 여점에서는 짐을 나르지 않게 하고 고개에서는 가마를 메지 않게 되면 어깨를 쉴 수 있을 것이며, 여점에서 간악한 자를 숨기지 않고 원에서 함부로 음란한 짓을 하지 않는다면 백성들의 마음은 밝아질 것이다.

여점 : 여관이나 주막.
원 : 관영 여관.

店不轉任 嶺不擡轎 民可以息肩矣 店不匿奸 院不恣淫 民可以淑心矣.

▶ 길에는 황토를 깔지 않고 길가에는 횃불을 세

우지 않으면 이로써 가히 예(禮)를 안다고 말할
수 있을 것이다.

路不鋪黃 畔不植炬 斯可曰知禮矣.

6. 장작(匠作)

장인에게 올바른 물건을 만들게 한다.

▶ 물품을 빈번하게 제작하고, 기교 있는 장인을
다 소집하는 것은 욕심을 드러내는 행동이다. 비
록 온갖 기술자가 다 갖추어 있을지라도 기필코
개인이 사용할 기물을 제조하는 일이 없어야 청
렴한 수령의 관청인 것이다.

工作繁興 技巧咸萃 貪之著也 雖百工具備 而絶無製造者
淸士之府也.

▶ 설혹 사적인 기물을 만드는 일이 있을지라도
탐욕스럽고 비루한 마음이 그릇에까지 미치게 하

지는 말아야 한다.

設有製造 毋令貪陋之腸 達於器皿.

▶ 어떤 기물을 제조할 때에는 마땅히 인첩이 있
어야 한다.

인첩 : 관인을 찍은 증서.

凡器用製造者 宜有印帖

▶ 농기구를 제작하여 백성에게 농사를 권장하고
베 짜는 기구를 만들어서 부녀자들에게 길쌈을
권장하는 일은 수령의 직무이다.

作爲農器 以勸民耕 作爲織器 以勸女功 牧之職也.

▶ 전거를 만들어서 농사를 권장하고 병선을 만
들어서 군비를 마련하는 것도 수령의 직책이다.

전거 : 농사에 사용하는 수레.
병선 : 전쟁에 쓰이는 배.

作爲田車 以勸農務 作爲兵船 以設戎備 牧之職也.

▶ 벽돌 굽는 법을 연구하고 또한 기와도 구워서

고을이나 성안이 모두 기와집이 되게 한다면 또
한 선정이 될 것이다.

講燒甓之法 因亦陶瓦 作邑城之內 悉爲瓦屋 亦善政也.

▶ 말과 저울이 집집마다 다른 것을 비록 일일이
바로잡을 수는 없으나, 모든 창고와 모든 시장의
것은 반드시 동일하게 해야 할 것이다.

量衡之家異戶殊 雖莫之救 諸倉諸市 宜令劃一.

진황육조(賑荒六條)

가난한 백성의 굶주림을 근심하라.

1. 비자(備資)

어려울 때를 대비해 물자를 비축하라.

▶ 황정은 옛날 선한 임금들이 마음을 다한 것이다. 수령의 재주는 여기에서 볼 것이다. 황정을 잘하면 수령으로서 가장 큰 임무를 마쳤다 할 수 있다.

황정 : 흉년에 빈민을 구제하는 정치.

荒政 先王之所盡心 牧民之材 於斯可見 荒政善而 牧民之能事畢矣.

▶ 흉년에 백성을 구제하는 정책으로는 사전에 미리 비축해 두는 것이 상책이다. 사전에 미리 비축하지 않으면 전부 구차하게 된다.

救荒之政 莫如乎預備 其不豫備者 皆苟焉而已.

▶ 양곡의 장부 속에 따로 있는 진곡과 본현에서 저축한 진곡의 유무와 허실을 자주 조사해야 한다.

진곡 : 빈민을 구제할 양곡.

穀簿之中 別有賑穀 本縣所儲 有無虛實 亟爲査檢.

▶ 조령을 기다리지 않고 편의로 창고의 곡식을 내주는 것은 옛날의 도리이나 그것은 현령이 할 수 없고 사신이나 할 일이다. 지금의 현령이 감히 할 수 있겠는가.

조령 : 임금의 명령.
현령 : 현에 둔 지방장관.

不俟詔令 便宜發倉 古之義也 使臣之行也 今之縣令 則何 敢焉.

▶ 그해에 흉년이 확실하게 판정되면 수령은 급히 감영에 가서 양곡을 옮겨 올 것을 의논하고 조세를 감면할 것도 의논해야 한다.

감영 : 각 도의 관찰사가 거처하는 관청.

歲事旣判 亟赴監營 以議移粟 以議蠲租.

▶ 흉년이 들 것이라고 확실히 판정되면 반드시 논을 밭 대신으로 하여 일찍 다른 곡식을 심도록 지시하여야 하며 가을이 되어서는 보리 심기를 권장해야 한다.

歲事旣判 宜飭水田代爲旱田 早播他穀 及秋申勸種麥

▶ 진휼을 보조하기 위한 모든 물자는 임금의 베푸심에서 나오는 것이니 그 뜻을 잘 이어받아 펴는 정책은 마침내 훌륭한 표본이 될 것이다.

진휼 : 흉년 때 백성을 구제함.

補賑諸物 厥有內頒 繼述之政 遂以成例.

▶ 임금의 은혜가 고를지라도 역시 훌륭한 수령만이 능히 그 은혜를 올바로 이어받을 수 있다.

上恩雖均 亦唯良牧 克獲承受.

▶ 어사가 내려와 진휼 정책을 관리하고 감독하면 수령은 급히 가서 뵙고 진휼에 대한 사항들을 의논해야 한다.

御史下來 管賑監賑 亟宜往謁 以議賑事.

▶ 이웃 고을에 만약 양곡이 있으면 수령은 즉시 사적하는 것이 좋다. 비록 조정의 명령이 있다 손 치더라도 이를 실행해야 한다.

사적 : 수령이 곡식을 사사로이 사들임.

隣境有粟 宜卽私糴 須有朝令 乃毋遏也.

▶ 강이나 바다의 어구에는 반드시 저점을 사찰하고 그들의 횡포를 금지하여 장삿배들이 마음 놓고 드나들게 해 주어야 한다.

저점 : 점방. 상점.

其在江海之口者 須察邸店 禁其橫暴 使商船湊集

2. 권분(勸分)

관내의 부자들에게 권유하여 굶주린 자를 구제한다.

▶ 중국의 권분법은 전부 식량 팔기를 권하는 것이요, 굶주린 백성에게 음식을 거저 주도록 권한 것은 아니었으며 전부 백성에게 베풀어 주기를 권하고 관에 바치기를 권하지는 않았다. 전부 자신이 우선 실행하는 것이고 단순히 말로만 하는 것이 아니었다. 모두 상을 주어 권장하고 위협하는 것이 아니었다. 그런데 요새 우리나라의 권분은 지극히 예의에 벗어나는 것이다.

권분 : 고을 수령이 관내의 부자들에게 권하여 극빈자를 구제하던 일.

中國勸分之法 皆是勸糶 不是勸饑 皆是勸施 不是勸納 皆是身先 不是口設 皆是賞勸 不是威脅 今之勸分者 非禮之極也

▶ 현인이 이재민을 구제하는 것은 단 하나 그들을 가엾게 여길 뿐이다. 다른 곳에서 흘러 들어오는 자는 받아들이고 내 고을에서 유리해 나가는 자를 머무르게 하여 내 고을 사람이니 네 고을 사람이니 하는 차별을 두지 않았다.

유리 : 빌어먹는 것.

仁人之爲賑也 哀之而已 自他流者受之 自我流者留之 無此彊爾界也

▶ 권분이란 부자가 가난한 집에 스스로 알아서 나누어 줄 것을 권장하는 것이니 스스로 나누어 주도록 권하면 관의 힘이 크게 덜어질 것이다.

勸分也者 勸其自分也 勸其自分而 官之省力多矣.

▶ 권분의 명령이 내리면 부유한 자들은 물고기처럼 소스라쳐 놀라고 가난한 자들은 파리 떼처럼 악착스러워지게 마련이니, 수령이 신중하지 않으면 그 은덕을 탐하여 제 것으로 하려는 자들이 생길 것이다.

勸分令出 富民魚駭 貧士蠅營 樞機不愼 其有貧天 以爲己
者矣.

▶ 굶주린 입 속에서 재물을 도둑질해도 그 소리
가 변방에 닿고 그 재앙이 먼 후손까지 미치는 법
이니 어떤 일이 있어도 도둑질이 마음에 싹터서
는 안 된다.

竊貨於飢吻之中 聲達邊徼 殃流苗裔 必不可萌於心也.

3. 규모(規模)

적정한 규범을 정한다.

▶ 진휼하는 데에는 두 가지 보아야 할 것이 있다.
첫째로 시기를 맞추어야 하고, 둘째로 규모가 있
어야 한다. 진휼은 불에 타는 사람을 구출하고 물
에 빠진 사람을 건지는 것과 같은 위급한 경우에
어찌 시기를 늦출 수 있으며, 여러 사람들을 다스
리고 물자를 고르게 하려는 것인데 어찌 규모가

없을 수 있겠는가.

진휼 : 흉년을 당하여 가난한 백성을 도와줌.

  賑有二觀 一曰及期 二曰有模 救焚拯溺 其可以玩機乎 馭
衆平物 其可以無模乎.

▶ 진조법은 나라의 법전에는 없지만 현령이 사
사로이 사들인 쌀이 있으면 또한 진조를 시행하
는 것이 좋을 것이다.

진조 : 진휼하기 위해 쌀을 싼 값으로 파는 것.

  若夫賑糶之法 國典所無 縣今有私糶之米 亦可行也.

▶ 진장의 설치는 작은 고을에서는 한두 곳에 그
치는 것이 좋으나 큰 고을에서는 십여 곳에 이르
게 하는 것이 옛 법이다.

진장 : 진휼을 실시하는 곳.

  其設賑場 小縣宜止一二處 大州須至十餘處 乃古法也.

▶ 분조하고 분회하는 방법은 마땅히 옛 법전들
을 두루 살펴서 좋은 것을 취하여 법식으로 삼아
야 한다.

분조 : 관의 곡식을 싼 값으로 판매.

분희 : 관의 곡식을 무상으로 줌.

其分糶分餼之法 宜博考古典 取爲楷式.

4. 설시(設施)

기관을 설치하여 굶주림을 구제한다.

▶ 이에 양곡을 정선하여 그 실지의 수량을 계산
하고 구제를 요하는 자의 수를 계산하여 실지 인
원의 수를 결정한다. 그리고는 소금과 간장과 미
역도 역시 주린 식구를 헤아려 분배 하여야 한
다.

乃簸穀粟 以知實數 乃算饑口 以定實數 乃算鹽醬 乃閱海
菜.

▶ 이에 진청을 설치한 후에 감독하는 아전을 배
치하고, 큰 가마솥을 갖추어 놓고, 소금과 간장과
미역을 준비한다.

진청 : 진휼하는 관청.

乃設賑廳 乃置監吏 乃具錡釜 乃具鹽醬海帶.

▶ 이에 진패를 만들고 진인을 새기며, 진기를 만들고 진두를 만들며, 혼패를 만들고 진력을 만들어 황정에 임해야 한다.

진패 : 진휼 받을 대상자를 나타내는 패.
진인 : 진휼 때 서류에 찍던 도장.
진기 : 진휼 때 인솔자가 들고 가는 깃발.
진두 : 진휼 때 쓰던 되와 말.
혼패 : 출입을 허가하는 패.
황정 : 흉년에 백성을 구하는 정책.

乃作賑牌 乃作賑印 乃作賑旗 乃作賑斗 乃作閽牌 乃閽賑曆.

▶ 소한 열흘 전에 진제 조례와 진력의 일부를 만들어서 여러 마을에 나누어 준다.

진제조례 : 진휼과 구제에 관한 조례.

小寒前十日 書賑濟條例 及賑曆一部 頒于諸鄕.

▶ 소한에는 수령이 일찍 기상하여 패전에 나아가 우러러 배례하고 이어 진장에 나아가 이재민에게 죽을 먹이고 기민양식으로 곡식을 나누어 준다.

패전 : 궐패를 모신 고을의 객사.

小寒之日 牧夙興 詣牌殿瞻禮 仍詣賑場 饋粥頒餼.

▶ 입춘에는 진력을 새로 제작하고 진패 등 각종 증명을 새로 배부하여 그 규모를 크게 정비한다. 경칩에는 대여곡을 나누어 주고 춘분에는 매출 양곡을 분배해 주며, 청명에는 또 대여곡을 분배해 준다.

대여곡 : 빌려주는 곡식.

立春之日 改曆修牌 大展其規 驚蟄之日 頒其貸 春分之日 頒其出糶 淸明之日 頒其貸.

▶ 유리하며 걸식하는 자는 천하고 가장 곤궁한 백성으로서 하소연할 곳이 없는 자이니 어진 수령은 이들의 구제에 힘써야 할 것이요, 소홀이 여겨서는 안 된다.

流乞者 天下之窮民 而無告之者也. 仁牧之所盡心 不可忽也.

▶ 사망한 사람의 명부는 일반 백성과 기민으로 각각 구분하여 한 부씩 만들어야 한다.

기민 : 굶주려 죽은 사람.

死亡之簿 平民飢民 各爲一部.

▶ 흉년이 든 해에는 당연히 전염병이 퍼지기 마련이니 그들의 구제와 치료 방법과 (죽은 자들의 시체를) 거두어 매장하는 정책을 펴는 것에 더욱 마음을 다해야 한다.

饑饉之年 必有癘疫 其救療之方 收瘞之政 益宜盡心.

▶ 버려진 갓난아이를 양육하여 자기의 자녀로 삼고 떠돌아다니는 아이들을 양육하여 노비로 삼도록 수령은 마땅히 국법의 규정을 거듭 설명하고 상호들을 타일러서 기르게 해야 한다.

상호 : 지방의 부유층.

嬰孩遺棄者 養之爲子女 童穉流離者 養之爲奴婢 竝宜申明國法 曉諭上戶.

5. 보력(補力)

흉년에 백성들에게 민생이 안정되도록 한다.

▶ 봄날이 되어 해가 길어지면 여러 가지 공사를 시작할 수 있을 것이니 공청의 사옥이 무너진 것과 모름지기 수리해야 할 것은 이때에 보수하는 것이 좋다.

春日旣長 可興工役 公廨頹圮 須修營者 宜於此時補葺.

▶ 흉년에 구황용으로 사용할 수 있는 풀로서 백성의 식량을 보조할 만한 것은 반드시 좋은 품종으로 골라서 향교의 여러 선비들로 하여금 두어 가지 종류를 뽑아서 각각 전하여 알리게 한다.

救荒之草 可補民食者 宜選佳品 令學宮諸儒 抄取數種 使各傳聞.

▶ 흉년에 도둑을 제거하는 정치에 신경을 써야 할 것이며 간헐적으로 해서는 안 된다. 굶주린 백성이 방화하는 것도 역시 엄하게 다스려야 한다.

凶年除盜之政 在所致力 不可忽也 饑民放火者 宜亦嚴禁.

▶ 양곡을 소모하는 것 중에 술이 제일 심하다. 술 담기를 계속 금지시켜야 한다.

糜穀莫如酒醴 酒禁未可已也.

▶ 흉년에는 세금을 보다 적게 하고 공채를 탕감하는 것이 예전의 어진 임금의 법이다. 겨울에 받아들이는 양곡과 봄에 거두어들이는 세금과 민고의 잡스러운 저리의 사채를 전부 여유 있게 늦추어 주고 독촉해서는 안 된다.

薄征己責 先王之法也 冬而收糧 春而收稅 乃民庫雜徭 邸吏私債 悉從寬緩 不可催督.

6. 준사(竣事)

수고한 사람들을 위로한다.

▶ 진휼하는 일을 마무리할 때에는 처음부터 끝

까지의 과정을 점검하여 자신이 범한 죄와 허물
에 대해 일일이 살펴야 한다.

賑事將畢 點檢始終 所犯罪過 一一省察.

▶ 수령이 스스로 비축한 곡식을 상사에게 보고
할 때 몸소 그 실체의 사정을 조사하여 보고하되
헛되이 과장해서는 안 된다.

自備之穀 將報上司 自查情實 毋敢虛張.

▶ 망종에는 진장을 폐쇄하고 파진의 연회를 여
는데, 기악은 쓰지 않는다.

파진 : 진장의 일을 끝냄.
기악 : 기생과 풍류.

芒種之日 旣罷賑場 乃設罷賑之宴 不用妓樂.

▶ 큰 흉년이 지나간 뒤에는 백성의 피폐함이 큰
병을 겪고 난 사람 같아서 원기가 회복되지 않았
으니 보살피어 편안하게 안정시키는 것을 무심히
해서는 안 된다.

大饑之餘 民之綿綴 如大病之餘 元氣未復 撫綏安集 不可
忽也.

해관육조(解官六條)

관직에서 물러날 때 한 점 부끄럼이 없다.

1. 체대(遞代)

벼슬자리는 번갈아 가면서 하는 것이다.

▶ 벼슬이란 반드시 교체되는 것이다. 교체되어도 놀라지 않으며 벼슬을 잃고도 못내 아쉬워하지 않으면 백성들은 그를 존경할 것이다.

官必有遞 遞而不驚 失而不戀 民斯敬之矣.

▶ 벼슬은 버리기를 불필요한 것 버리듯이 하는 것이 예전의 도리였다. 해임되어서 슬퍼하는 것은 역시 부끄럽지 않겠는가.

棄官如蹝 古之義也 旣遞而悲 不亦羞乎.

▶ 평상시에 문서를 정리했다가 해임 발령이 있으면 그 다음날 떠나 갈 수 있도록 하는 것이 맑은 선비의 자세인 것이며, 장부를 청렴하고 명백하게 마무리하여 후에 걱정이 없게 하는 것이 지혜 있는 선비의 행동인 것이다.

治簿有素 明日遂行 淸士之風也 勘簿廉明 俾無後患 智士之行也.

▶ 고을의 부로들이 교외까지 전송 나와서 술을 권해 보내기를 어린아이가 부모를 잃은 것 같은 심정이 말에 드러난다면 수령된 자 역시 인간 세상에서 더할 수 없는 영광이 될 것이다.

부로 : 고을의 나이 지긋하신 어른들.

父老相送 飮餞于郊 如嬰失母 情見于辭 亦人世至榮也.

▶ 벼슬을 마치고 돌아가는 길에서 완악한 무리를 만나 그들의 손가락질하고 욕하는 것을 받고 악하다는 소문이 멀리 퍼진다면 이것은 인간 세상에서 더할 수 없는 치욕일 것이다.

歸路遘頑 受其叱罵 惡聲遠播 此人世之至辱也.

2. 귀장(歸裝)

벼슬을 마치고 돌아가는 모습은 맑고 깨끗해야 한다.

▶ 청렴한 선비가 벼슬을 내놓고 돌아갈 때의 행장은 세속을 벗어난 듯 시원하여 수레는 낡고 말은 여위었는데도 그 맑은 바람이 사람에게 스며들어야 한다.

　清士歸裝 脫然瀟灑 弊車羸馬 其淸飇襲人.

▶ 옷상자와 장롱은 새로 만든 것이 없고 구슬과 비단이 없으며 그 고을의 토산물이 없어야 청렴한 선비의 행장이라 할 것이다.

　笥籠 無新造之器 無珠帛土産之物 淸士之裝也.

▶ 물에 던져 버리고 불에 던져 넣는 행위는 천물을 함부로 없애 버림으로써 스스로 청렴결백하다는 것을 떠벌이는 것이니 이 또한 천리에 벗어나는 것이다.

　若夫投淵擲火 暴殄天物 以自鳴其廉潔者 斯又不合於天理也.

▶ 수령이 집으로 귀가할 때 재물이 없어서 가난하기가 예전과 같으면 최상이요. 방편을 써서 종족들을 넉넉하게 하는 것이 그 다음이다.

歸而無物 淸素如昔 上也 設爲方便 以贍宗族 次也.

3. 원류(願留)

백성들이 계속 있기를 원한다.

▶ 백성들이 수령이 떠나는 것을 애석해 함이 간절하여 길을 막고 더 머무르기를 원하는 그러한 빛나는 업적을 역사책에 남겨서 후세에 비치게 하는 일은 소리나 겉모양만으로 할 수 있는 일이 아니다.

惜去之切 遮道願留 流輝史冊 以照後世 非聲貌之所能爲也.

▶ 백성들이 대궐 아래에 달려가서 그를 유임시

켜 주기를 애걸하면 그것을 허락함으로써 백성의 뜻에 따르는 것이 예전에 선한 일을 권장하던 하나의 방법이다.

奔赴闕下 乞其借留 因而許之 以順民情 此古勸善之大柄也

▶ 수령의 명성이 높이 퍼져 나가 혹 이웃 고을에서 그를 수령으로 임명해 주기를 빌고 또는 두 고을이 서로 모셔 가려고 다투는 일이 생기면 이것은 어진 수령의 빛나는 가치인 것이다.

聲名所達 或隣郡乞借 或二邑相爭 此賢牧之光價也.

▶ 또는 오랫동안 재임하여 서로 편안하게 하며 또는 이미 연로하였으나 힘써 유임하게 하여 오직 백성의 소원에 좇을 뿐이고, 법에 구애하지 않는 것은 잘 다스려진 세상의 정사이다.

或久任以相安 或旣老勉留 唯民是循 不爲法拘 治世之事也.

▶ 백성들이 수령을 사랑하고 사모하는 등 그 명성과 공적으로 재차 그 고을에 취임하게 되는 것은 또한 역사의 기록에 빛나는 일이 될 것이다.

因民愛慕 以其聲績 得再莅斯邦 亦史冊之光也.

▶ 상을 당하여 돌아간 자를 오히려 백성들이 놓지 않으므로 인하여 혹은 기복하여 임지에 도로 돌아온 자도 있고 또는 상을 마치고 재임된 자도 있다.

기복 : 부모의 상중에 있는 자가 다시 관직에 나가는 것.

其遭喪而歸者 猶有因民不舍 或起復而還任 或喪畢而復除.

▶ 비밀리에 아전과 공모하고 간사한 백성들을 유인해 움직여서 대궐로 나아가 유임을 빌게 만든 자는 임금을 속이고 상관을 속인 것이니 그 죄가 아주 큰 것이다.

陰與吏謀 誘動奸民 使之詣闕而乞留者 欺君罔上 厥罪甚大.

4. 걸유(乞宥)

백성이 수령의 죄에 용서를 빌다.

▶ 수령이 문서나 법령에 저촉되어 법규에 걸렸을 때 백성들이 슬프게 여겨 서로 이끌고 가서 임금께 호소하여 그 죄를 용서하기를 바라는 것은 옛날의 좋은 풍속이다.

文法所坐 黎民哀之 相率籲天 冀宥其罪者 前古之善俗也
籲天.

5. 은졸(隱卒)

수령이 재임 중에 사망할 경우 백성이 애도한다.

▶ 수령이 재임 중에 죽어서 맑은 향기가 너무 강렬하여 아전과 백성들이 슬퍼하여 상여를 붙잡고

울부짖고 오래도록 잊지 못한다면 어진 수령의 유종의 미가 될 것이다.

在官身沒 而淸芬益烈 吏民哀悼 攀輪號咷 旣久而不能忘者 賢牧之有終也.

▶ 병으로 자리에 누워 병이 깊어지면 즉시 거처를 옮기는 것이 마땅하며, 정사를 살피는 곳에서 임종을 함으로써 남들에게 혐오감을 갖게 해서는 안 된다.

寢疾旣病 宜卽遷居 不可考終于政堂 以爲人厭惡.

▶ 장례에 쓰이는 상수미는 이미 나라에서 주는 것이 있으니 백성의 부의를 어찌 반드시 이중으로 받아야 한단 말인가. 수령이 임종에 앞서 유언을 해두는 것이 좋을 것이다.

상수미 : 장례를 치를 때 소용되는 쌀.

喪需之米 旣有公賜 民賦之錢 何必再受 遺令可矣.

6. 유애(遺愛)

사랑을 남기고 떠나다.

▶ 수령이 이미 세상을 하직한 후 백성들이 그를 사모하여 사당을 세우고 제사를 지낸다면 그가 백성들에게 사랑을 남겼다는 것을 알 수 있다.

旣沒而死 廟而祠之 則其遺愛 可知矣.

▶ 살아 있는 사람의 사당을 짓는 것은 예가 아니다. 어리석은 백성들이 그런 짓을 하는데 서로 따라 하다 보니 습속이 되어 버린 것이다.

습속 : 습관이 된 풍속.

生而祠之 非禮也. 愚民爲之 相沿而爲俗也.

▶ 돌에 새겨 덕을 칭송하여 영구히 전해 보이는 것을 선정비라고 한다. 마음속으로 반성하여 부끄럽지 않기가 어렵다.

刻石頌德 以市悠遠 卽所謂善政碑也 內省不愧 斯爲難矣.

▶ 나무로 비를 세워 은혜를 칭송하는 것은 비난

하는 사람도 있고 아첨하는 사람도 있다. 바로 제거하고 엄히 금하여 치욕에 이르지 말도록 해야 한다.

木碑頌惠 有誦有諂 隨卽去之 卽行嚴禁 毋底乎恥辱矣.

▶ 이미 수령이 떠나간 뒤에 백성들은 그를 사모하여 평소에 그가 가까이하던 수목(樹木)까지도 사람들이 아낌을 받는 것은 예부터 전해오는 전통이다.

旣去而思 樹木猶爲人愛惜者 甘棠之遺也.

▶ 백성들이 수령을 사랑해 잊지 못하여 수령의 성을 따서 자기 아들의 이름자에 넣는 것에서 수령에 대한 백성들의 정이 크다는 것을 볼 수 있다.

愛之不諼 爰取侯姓 以名其子者 所謂民情 大可見也.

▶ 이미 그 고을을 떠나간 지 오래 된 뒤에 재차 그 고을을 지나갈 때 옛 백성들이 반갑게 맞아 주고 술병과 술안주가 앞에 가득하다면 역시 하인들까지도 빛이 날 것이다.

旣去之久 再過玆邦 遺黎歡迎 壺簞滿前 亦僕御有光.

▶ 여러 사람들의 칭송이 오래도록 그치지 않는다면 그가 다스린 솜씨를 헤아릴 수 있다.

與人之誦 久而不已 其爲政 可知已.

▶ 수령이 고을에 재임하고 있는 동안에는 그다지 혁혁한 공적을 칭송함이 없다가도 떠나간 후에 생각하는 것은 수령이 공적을 자랑하지 않고 뒤로 선정을 베풀었기 때문이다.

居無赫譽 去而後思 其唯不伐而陰善乎.

▶ 인정 있는 분이 가는 곳에는 따르는 사람이 장터만큼이나 많은 법이니 임지를 떠났는데도 따르는 사람이 있으면 이는 그 수령이 덕이 있다는 증거이다.

仁人所適 從者如市 歸而有隨 德之驗也.

▶ 비난과 칭찬은 진실과 선과 악의 판단 같은 것은 반드시 군자의 말을 기다려서 공론을 통하여 정해야 할 것이다.

若夫毀譽之眞 善惡之判 必待君子之言 以爲公案.

저자 서문

옛날 요임금의 뒤를 계승한 순임금은 열두 목(牧)들에게 물어 그들로 하여금 목민(牧民)하게 하고, 문왕이 정사를 펼 때도 사목(司牧)을 두어 목부(牧夫)라 하였으며, 맹자는 평륙(平陸)에 갔을 때 목민하는 것을 가축 기르는 것을 비유하였으니, 이로 미루어 보건대 백성을 기르는 것을 일러 목이라 한 것은 옛 성현들께서 남기신 뜻인 것이다.

성현들의 가르침에는 본디 두 가지의 길이 있거니와 사도(司徒)는 모든 백성들을 가르쳐 각자로 하여금 수신하게 하였으며, 대학(大學)에서는 국자(國子)들을 가르쳐 그들 각자로 하여금 수신하여 치민하게 하였으니 치민이란 곧 목민이다. 그런즉 군자가 배워야 할 것은 수신이 반이요. 나머지 반은 목민인 것이다.

성현들이 가신지 이미 오래고 그들의 말씀도 자

취를 감추어 그 도가 점점 흐려지니 오늘날 사목하는 자들은 오로지 제 이익을 채우는 데에만 급급하고 백성을 기르는 것은 알지 못한다. 그리하여 백성들은 파리하게 야위고 궁핍해지며 병들어 줄줄이 구렁을 메우는데도 그들을 기른다는 자들은 화려한 옷에 진수성찬으로 제 몸만 살찌우고 있으니 이 어찌 슬픈 일이 아니겠는가.

나의 선친께서는 성조(聖祖)의 지우(知遇)를 받아 두 현의 현감, 한 군의 군수, 한 부의 부사, 한 주의 목사를 지내셨는데 어떤 직책에서나 업적을 이루셨다. 그때마다 불초한 내가 따라다니면서 다소간 보고 들은 바가 있어 배우고 깨달았으며, 또 물러나와 그것들을 시도해 보니 얼마간 효과가 있었으나 이미 유락(流落)한 몸이 되어 쓸모가 없게 되었다.

멀리 떠나와 귀양살이하기 18년 동안에 오경과 사서를 붙잡고 되풀이 연구하여 수신의 학문을 익혔으니 이미 배웠다 하나 반만 배운 셈이다. 이에 23 사(史)와 우리나라의 모든 역사와 옛 성현들의 모든 저서에서 그 내용을 취하고, 역대의 사목들이 목민한 자취에서 추려 상하로 그 근원을 추적해 분류하여 대한 부세(賦稅)를 거둘 때 교활한 이서(吏胥)들이 농간질을 하여 여러 가지 병폐가 어지럽게 일어났는데 이미 비천한 신세에 있던 나는 그에 얽힌 사실을 상세히 들었다. 그것들 또한 조목별로 분류하여 기록하면서 나의 얕은 견해를 덧붙였다.

그리하여 모두 12편으로 하였는데 첫 번째가 부임이요, 두 번째가 율기요, 세 번째가 봉공이요, 네 번째가 애민이며, 육전을 넣은 후, 열한 번째가 진황이요, 열두 번째가 해관이다. 그리고 이 열두 편은 각각 여섯 개의 조목으로 분류하여 기록하였으므로 모두 72개의 조목으로 되어 있다. 몇 개의 조목을 합하여 한 권으로 삼기도 하였고 (목민심서는 저자가 분류한 권수로는 총 48권임), 한 조를 나누어 몇 권으로 한 것도 있으니 통틀어 48권으로 한 부를 삼았다. 시대에 맞추고 풍속에 따르다 보니 위로 선왕들의 현장에 부합시킬 수는 없었으나 목민하는 일에 필요한 조례들은 다 갖추었다.

고려 말에 비로소 5사로써 수령의 공적을 고과하기 시작하였고, 조선조로 넘어와서도 그것을 따르다가 후에 두 가지를 늘려 7사로 하였으나 수령의 책무 중 큰 것만을 일렀을 뿐이다. 그러니 수령이 해야 할 직분에는 떳떳치 않은 것이 없어야 하므로 모든 조목을 일일이 열거하여 제시해 주어도 오히려 다하지 못할까 두려운데 하물며 수령이 스스로 생각해 내어 스스로 행하기를 기대할 수 있겠는가.

이 책은 맨 앞과 맨 끝 두 편 외 나머지 10편에 수록된 조목만 해도 60조나 되니 올바른 수령이 진실로 자기의 직분을 다하고자 한다면 아마 이것만으로도 혼미에 빠지는 일은 없을 것이다.

옛날 부염은 (이현보)를 저작하였고, 유이는 (법

범)을 썼으며, 왕소는 (독단)을 썼고, 장영은 (계민집)을 썼고, 진덕수는 (정정)을 썼고, 호대초는 (서언)을 썼으며, 정한봉은 (환택편)을 저작하였으니 이것들은 소위 목민 하는 것에 대한 지침서였다.

오늘날 이런 책들은 대부분 전수되지 않고 오로지 음란한 글과 기괴한 구절들만이 세상에 판치니 내가 쓰는 이 책이 어찌 전수되길 바라겠는가마는 '(주역)에 이르기를 선인들의 훌륭한 말씀과 귀감이 되는 행적을 익혀 자기의 덕을 쌓는다.'고 하였거니와, 이것은 진실로 나 자신의 덕을 기르기 위한 것이니 어찌 반드시 목민을 하는 일에 국한시키겠는가. 이 책을 '심서'라고 한 것은 어째서인가? 목민할 마음은 있으나 몸소 실행할 수 없기 때문에 이 명칭을 붙인 것이다.

당저(當宁 : 현재 임금, 즉 순조)21년 신사년 늦봄에

열수(洌水) 정용(丁鏞) 서(序)